ちくま文庫

パンツの面目ふんどしの沽券

米原万里

筑摩書房

パンツの面目ふんどしの沽券　目次

1章　四〇年来の謎　9
2章　よい子の四つのお約束　21
3章　ルパシカの黄ばんだ下端　32
4章　紙という名の神　47
5章　パンツとズロースの相違　58
6章　『友誼』印のズロース　68
7章　禁欲と華美と　78
8章　伝統との訣別　90
9章　羞恥心の迷宮　102
10章　羞恥心の誕生　112
11章　なんとも物珍しく面白い光景　122
12章　イエス・キリストのパンツ　133
13章　複数形の謎　145
14章　イチジクの葉っぱはなぜ落ちなかったのか　156

15章 男の領分なのか。その1 168
16章 男の領分なのか。その2 178
17章 男の領分なのか。その3 189
18章 NKVDの制服からハーレム・パンツまで 199
19章 パンツは馬とともにやって来たのか？ 209
20章 タイツにまつわる二つの悲劇 220
21章 日本民族の精神的支柱 232
22章 フンドシをめぐる罪深い誤訳か？ 242
23章 モンゴル少女の悔し涙 257
24章 乗馬が先かパンツが先か 267
主な参考資料 281
言い訳だらけのあとがき 291
解説 〝永遠の少女〟のライフワーク 井上章一 297

パンツの面目ふんどしの沽券

1章　四〇年来の謎

仲のいい女の子たちは、会う度に先輩面して、あんたはそろそろ女になるべき頃合いだと、急き立てる。あたしだって、すでに身も心も十分に熟れているという自覚があった。でも何かが、すんでのところであたしを引き止めていた。

ある夏の週末、モスクワ郊外の親類の別荘に泊まる予定が、つまらないことで伯母と喧嘩になり飛び出てきてしまった。親友のララのアパートに押しかけて一晩泊めてくれと頼み込んだ。ララは呆れ返った。

「一人なの？　彼は？」

「自宅。両親はバカンスでクリミヤだって」

「馬鹿だねえ、こんなチャンスはまたとないじゃないか！　さあ、彼のところへ押しかけるんだよ」

「イヤー!!」

自分でもビックリするような大声で叫んでいた。親類のところに泊まるつもりでいたあたしがはいていたのは、黒っぽい継ぎ接ぎだらけのみっともないパンツだった。

「絶対イヤ！　死んだ方がマシ」

「死ぬの、ちょっと待ちな」

ララは立ち上がると隣室へ行った。ララは外国語大学ドイツ語科の学生で、ついこのあいだ実習でドイツ民主共和国に三カ月ほど滞在している。そのとき支給された僅かなお小遣いの全額を投じて、ララはレースに縁取られた明るい色の薄手のパンツを目一杯買い込んでいた。その一枚をあたしに差し出しながらララは厳かに告げた。

「これであんたは一歩も後へ引けなくなった。覚悟するのね」

繊細な美しいパンツを身につけると心を縛りつけていたもろもろのものから急に自由になった。難攻不落の巨大な壁が突然消えたかのようだった。その夜、あたしは処女膜を喪失した。ドイツ製のパンツがあの瞬間登場してくれなかったならば、永遠にあの壁は乗り越えられなかったのではないか、と今でも思っている。

一九五〇～六〇年代のソビエトを舞台にした小説やエッセイ、回想記では、右のような記述に時々巡り会える。なお、わたしが右の文章を見かけたのは、二〇〇〇年の暮れ、サンクトペテルブルグ市を訪れ、ペトロパヴロフスクの要塞監獄跡を見学したときにそこで催されていた傑作な展覧会場でのことだった。展覧会のタイトルは、「身体の記憶――ソビエト時代の下着」というもので、二〇〇〇年一一月七日（ソビエト社会主義革命八三周年!!）から翌二〇〇一年二月末までサンクトペテルブルグ国立歴史博物館とドイツのゲーテ・インスティテュートの共催、下着メーカーとして有名な「Triumph の後援のもとで行われ、評判を呼んだ。展覧会場出口には、展示品のカタログが販売されていて、もちろん、わたしは飛びついた。そして、くだんの文章を探し当てて、思わず傍線を引きまくった。展覧会場でも、カタログにも文章の主の名は記されておらず、展覧会の制作者であり、キューレーターでもある、エカテリーナ・デーゴチとユリヤ・デミデンコが無名の女性たちから集めたインタビューの一つと思われる。

次のテキストもまた、著者不明だが、線を引かずにはいられない箇所がある。

生まれて初めて本格的な恋に落ちたのは、一八歳のときかな。相手は、売れない画家。バスに一時間も揺られてたどり着く町はずれに住んでいた。フルシチョフ時代に量産された安普請のアパートのワンルームでね。五階にあるんだけど、もちろんエレベータなんて無し。五階の踊り場にたどり着くと、彼の部屋のベルを押す前に、大急ぎで着替えた。冬仕様の長いブーツを履いたまま、分厚い不格好な毛糸の股引を脱いで、綺麗な（と当時のわたしには思えた）ポーランド製のパンツに足を通した。レースの縁取りが付いたナイロン製で、五ルーブルもした代物。奨学金のお金で買ったの。その頃は空色だった。でも、そのときの恋と同じで、色は長持ちしなかった。

それから何年も経ってから、全く違う男と結婚していたわたしは、ある朝、目が覚めて、ふと自分がまだそのときのパンツをはいていることに気づいた。すでにネズミ色になっていて、昔レースが付いていた縁は、端切《はぎ》れで繕ってあった。

サタンの化身ヘビにそそのかされて性愛と知恵を授かった人類の祖アダムとイヴは、とたんに生殖器を晒しているのがお互いひどく恥ずかしくなって隠すようになる。イチジクの葉が、「人類最初のパンツ」と呼ばれる所以。ところが、いま引用した二つのテキストによると、年頃の娘さんが大切な人に見られるのを死ぬほど恥ずかしく思っているのは、生殖器ではなくて、それを覆い隠すパンツ（の醜さ、格好悪さ）の方みたいなのだ。

ああ、しかし、そんな陳腐な真実を確認するために傍線を引いているわけではない。実は長年の謎を解きほぐしてくれそうな気がして、つい引いてしまうのだ。一〇歳のときに芽生えた謎だから、もうかれこれ四〇年以上も抱えていることになる。

謎の発端となった現象には、九歳から一四歳までの五年間通った在プラハ・ソビエト学校で遭遇した。ソ連外務省が管轄する学校で、教科書もソ連製、教師もソ連人、生徒も大半はソ連人。

四年生になると、女の子は家庭科を履修するのだが、その裁縫の授業で、最初に教わったのが、スカートでもエプロンでもなく、下着のパンツの作り方だった。

裁縫の心得のある人にこの話をすると、十人中十人が、

「冗談でしょう！　嘘に決まってる」

と真面目に取り合ってくれない。

「本当だってば。そんなこと嘘ついても何の得にもなりゃしない」

といくら言い張っても、信じてもらえないのだ。

無理もない。二次元の布で複雑に入り組んだ三次元体（しかも動くから四次元体）を

包まなくてはならない。型紙作りも、そのための採寸も、やる前に気が萎えてしまうほど面倒なんである（ちなみに日本の学校で最初に習うのは、立体とは無縁の雑巾の作り方）。とにかく裁縫の達人にとってでさえパンツは難題中の難題。ましてや、初心者には無理を通り越して無謀というもの。

越中フンドシを製作するのとは、わけが違う。といやに自信満々に述べるのは、明治四二年生まれの父が愛用していて、時々母がまとめて製作していたのを見慣れているからだ。おそらく、かつては越中フンドシ着用人口の一〇〇パーセントが、そして既製品がデパートで売られている昨今でも九〇パーセント強が自家製を用いているものと思われるが、今現在の日本の（下着としての）パンツ着用人口の一〇〇パーセントが、既製品のパンツに甘んじていると思われる。そういう統計数字も見当たらないし、わたしもアンケート調査を実施したわけではないので断言はできないが、自分で、あるいは家人が製作しているなんて人は皆無なんではなかろうか。

一九六〇年代当時、わたしが住んでいたチェコスロバキアでも、計画経済のもと、しじゅうあれこれの商品が長期間店頭から姿を消したものだが、パンツは、サイズやデザインさえうるさいことを言わないならば、基本的にいつも店にあった。値段も安く、従って生徒がパンツ製作法を習得する必然性、少なくとも実用的目的は思い浮か

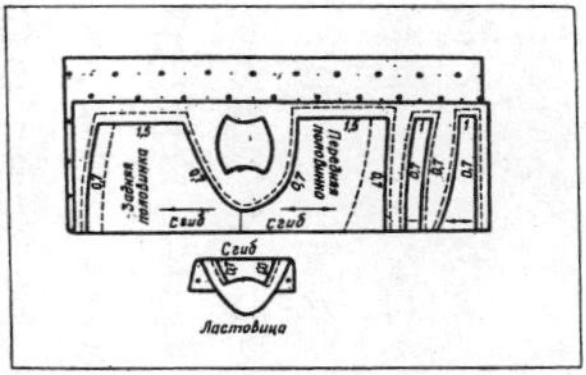

Рис. 5

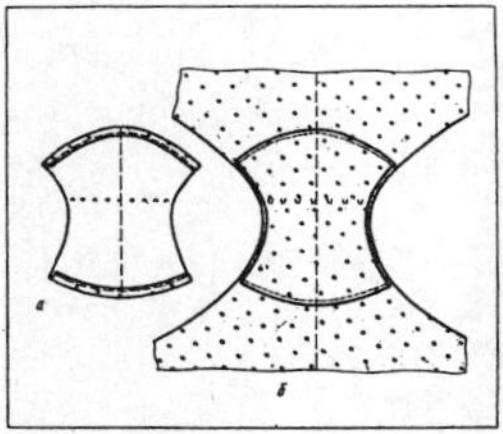

Рис. 6

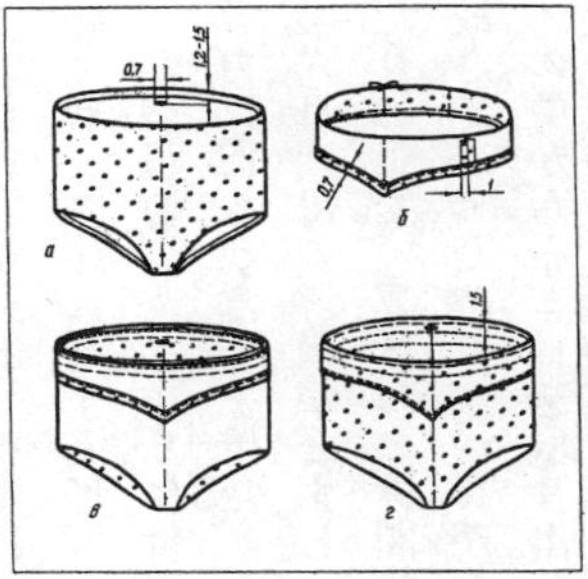

Рис. 7

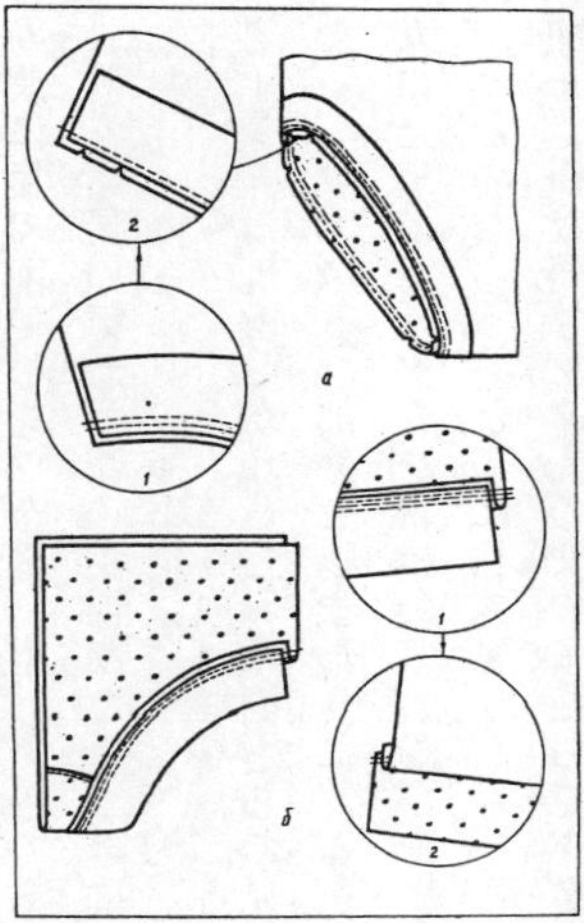

Рис. 8

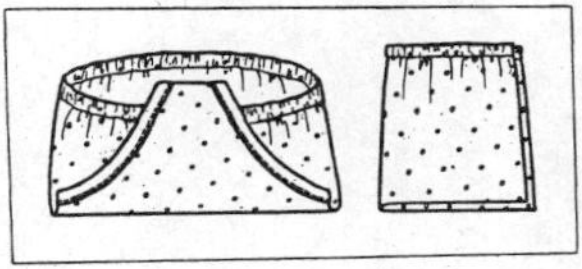

Рис. 9

ソビエトの教師向け雑誌『学校と生産』より。小学校家庭科の指導法。

ばないのだった。

人体の複雑さを認識させ、立体に対する理解を深める。きっと、そういう崇高な教育的目的があるのね、と宿題のパンツ作りに付き合わされて辟易していた母は、おそらく費やした時間と労力に何とか意味を持たせたかったのだろう、そう解釈した。

ところが二カ月後の六月、母の解釈が必ずしも当たっていないのではないか、と思わせることを目の当たりにした。夏休みの林間学校で、二年先輩のダーシャというソ連人の女の子が、雨続きで洗ったパンツがなかなか乾かず、スペアが足りなくなったときに、スーツケースの中から布きれを取り出して、型紙も使わずに素早く裁断すると、あれよあれよという間に目の前でパンツを縫い上げたのである。母が父の越中フンドシを製作するときよりも素早い気がした。手慣れた手つきに見とれていた。

「すごい!!」

感動するわたしを、ダーシャは理解しかねるという面もちで見やりながら、手の方はひとときも休むことなく、ウエストの部分と腿まわりにゴムを通していた。おそらく、パンツ作りは、彼女にとって、ボタンを付けたり、綻びを繕うような、ひどく日常的で当たり前の営みだったのだろう、と今にして思う。

ただ、林間学校に参加していた同じソ連人の女の子たちで、ダーシャのように手作りのパンツをはいている子は、ましてや自分でパンツを縫い上げる子は、他には一人も見当たらなかった。みな、トリコット製の既製品を身に着けていた。ダーシャは例外だった。

ダーシャとは学年も違ったし、親しくしていたわけでもない。彼女が林間学校でたまたまわたしの親友と相部屋だったので、親友を訪ねたときに、彼女がパンツを縫い上げる現場に立ち会っただけである。彼女に関する記憶は、この一点に限られている。しかも、その後すっかりこのことを忘れていた。

新学期が始まった九月、パンツがらみで、もう一つ不思議なことがあった。デンマーク人のクラスメイト、フランツが衝撃的な写真を見せてくれたのだ。それは、西独のグラビア誌に掲載されたもので、ネグリジェやシュミーズ姿で街中を闊歩する女たちのスナップだった。中には、レースのパンツとブラジャーを着けただけの女もいる。

「東ベルリンに駐屯するソ連軍人の妻たちの呆れた行状」

というキャプションの意味をフランツが教えてくれた。クラス中が色めき立って、始業のベルが鳴ったのも気づかずにワイワイ騒いでいたら担任教師が背後からやって来て雑誌を取り上げた。先生は写真を一目見るなり顔を赤らめ、消え入るような声で、

「まあ、何て恥知らずなこと。悪質な反共宣伝ですね」

と言った。何だか、信じがたい写真だったので、先生の説明が腑に落ちた。それでまた、このこともすっかり忘れていた。

その後、日本に帰国してから、ソ連の小説雑誌を読んでいて、ダーシャのパンツ作りのことを思い出した。

> 久しぶりにレニングラードから帰ってきた兄さんと僕は、その日、二人きりで過ごした。ママも姉さんも朝っぱらから出払っていた。町の百貨店にチェコスロバキア製のブラジャーやらパンツやらが入荷したとかで、町中の女たちが、いや近隣の村々の女たちまでが、百貨店の前に列なして並んでいた。
>
> (S・セミョーノフ『わがアンガラ河』/傍線—引用者)

もしかしてソ連では、既製品のパンツが、恐ろしく入手しにくかったのではないかと、このとき初めて気づいたのである。だからこそ、ダーシャのように手作りのパンツを身に着けている女もずいぶんいたのかもしれない、と。

その後、いくつかの小説やエッセイを通して、ソ連の女たちにとってポーランド製やドイツ製やチェコスロバキア製の下着が、大変な貴重品だったらしいことも確認できた。さらには、彼女らが、東欧製パンツの、色の明るさ、生地の薄さと軽さ、それにレースの縁取りに心奪われていることにも気づかされた。ここ一番という勝負のときに、貴重品の東欧製を着用し、普段は、黒っぽい手作りか手編みのパンツをはいていたらしいことにも。

もしかして、ソ連ではレースの縁取りがついた明るい色の薄手のパンツを工業生産していなかったのかもしれない、とそのときハタと思った。流行に左右されない質実剛健なパンツこそ、社会主義に相応しいと考えられていたのではないか。

第二次大戦後、東欧諸国がソ連の傘下に組み込まれた事は、政治的、社会的、イデオロギー的側面から語られることが多いが、それが経済、わけても庶民の女たちの私生活にも何と画期的な変化をもたらしたことだろう、と感慨にもふけった。

ところが、事実ははるかに上手《うわて》だった。「身体の記憶——ソビエト時代の下着」という展覧会で入手したカタログに記された簡略ソ連邦下着史によると、第二次大戦が終了するまで、ソ連では下着のパンツが一切工業生産されていなかった、とのことである。下着工場で女性用に生産されていたのは、ネグリジェとコルセットだけだった。薄手のシルクの明るい色をしたレースの縁取りの付いたパンツは、仕立屋が注文を受けて縫う、ということはあった。もっとも、レニングラードとモスクワにしか、そういう仕立屋はいなかったし、そんな贅沢を出来る女性も幹部の妻女やトップ女優、スター・バレリーナなどに限られていた。いずれにせよ、パンツは手作りが基本だった。戦後パンツの工業生産が始まったが、とうてい需要を満たすものではなく、圧倒的多数の女たちのパンツは手作りであり続けた。

プラハ時代の家庭科の必須科目がパンツ作りだったのも、その延長線上にあったのだ、ダーシャではなく在プラハソ連人が例外だったのだと、四〇年来の謎がとけて感無量なわたしは、次の文章に卒倒せんばかりになった。

戦後のドイツで、モロ下着のまま街中を大威張りで歩いたソ連人将校の妻たちは、よそ行きの装いのつもりだったのである。庶民出身の彼女たちは、綺麗なレースの縁取りが付いたシルクのパンツやブラジャーが、まさか下着だろうとは夢にも思わなかったのである。

フランツが見せてくれた写真の謎も、これで解けた。

2章　よい子の四つのお約束

幼稚園に通っていた頃は、しじゅう目にしていた気がする。洗面台の上の鏡の横とか、帽子やズック入れの袋を吊すフックの上あたりとか、イヤでも目に止まるところに張り出してあった。お絵かき帳ぐらいの大きさのボール紙に花模様の縁取りがあしらってあって、クレヨンの太字で次のように大書してあった。

よいこの　よっつの　おやくそく
1、まいあさ　かおを　あらい、かみを　とかしましょう。
2、まいあさ　おきたときと　まいばん　ねるまえに　はをみがきましょう。
3、しょくじの　まえには、かならず　てを　あらいましょう。
4、まいにちパンツを　とりかえましょう。（傍線―引用者）

わたしが最初に通っていた幼稚園では、毎朝登園すると、園長先生のお話の後に、オルガンの伴奏で、

「てんに　まします　われらが　ちちよ♪」

と合唱させられていた。意味も分からずに口ずさんでいたのにもかかわらず未だに憶えている歌詞から判断するに、ミッション系の幼稚園だったのではないかと思う。

ところが、しばらくして別な幼稚園に通うことになった。

ずっとあとになって、母の親友から聞かされた話では、

「どうもお宅のお嬢さんは、協調性に欠けるところがあって、困ります。何とかならないものでしょうか」

と幼稚園の経営者に注意された母が、

「まあ、うちの娘をもてあますようなところなんぞ、こちらから願い下げです」

と啖呵を切って、その日のうちにわたしを退園させ、別な幼稚園に編入させたという経緯があったらしい。

もちろん、わたしは、そんな事情など知る由もなく、またたくまに新しい幼稚園での生活に適応していった。そこでも毎朝、まず園長先生のお話を聞かされるのは、同じだったが、オルガン演奏に合わせて唱わされる歌はずいぶん違った。

「ののさま　きょうも　ありがとう♪」

というリフレインは、今でも曲とともによく憶えている。きっと仏教系の幼稚園だったのだろう。

なぜ、はるか遠い昔に通っていた幼稚園の宗旨をここでいちいち問題にするのかというと、その仏教系の幼稚園でもまた、あちこちに「よいこの　よっつの　おやくそく」なる張り紙がしてあったからだ。書いてあることも、順序は多少違ったかも知れないが、ほとんど同じで、「4」という数字の下には、

「まいにち　パンツを　とりかえましょう。」

と前の幼稚園と一字一句違わないことが記してあった。幼心にも、これはとても印象に残った。

たった二つの幼稚園での見聞を強引に普遍化するわけにはいかないかもしれないが、あの時期、日本中の幼稚園で、奉じる宗教の違いを超越するような確固たる大原則が謳われていた可能性はある。

「パンツは毎日はきかえるべきものである」

人間として生きていく以上、これは断固守るべきたしなみのイロハとして、次世代を担う幼い子供たちに伝えていかなくてはならない。日本中の良識ある大人たちは、

思想信条の違いを超えて、そう考えていたのではないだろうか。
おのれの狭い経験に基づくこの仮説にすぎないものが、ひょっとしてこの広い世の中全体の定説なのではないか、と胸ときめかせるきっかけになったのは、つい最近、東海林さだおのエッセイの中に、次のような文章を発見したからである。これは、彼が旅行に出かける前の準備の様子を記したものである。

まず押し入れの奥から大型スーツケースを取り出す。
パッカンと開ける。
このときカバンの中は空だ。
この旅行は海外一週間のスケジュールということにしよう。
最初に入れるものは何か。
パンツである。
とにもかくにもパンツ。
パンツは生活の基本である。

旅行に行くにあたって、カバンにまずパンツを詰めながら、パンツの底力というものをつくづく思わずにはいられない。

ふだんはバカにしているパンツだが、旅支度の第一歩で、最初に詰めさせるその実力に改めて敬意を表さざるをえない。

旅行の日程とパンツの数には一定の数式がある。

日数×1

したがって今回の旅行の枚数は7×1で七枚ということになる。

大きなカバンの片隅に、小さく折りたたんで積み上げられた七枚のパンツ。

ああ、これが今回の七日間にわたるわが旅装の根幹なのだ、と思うと畏敬の念さえわいてくる。

（「オール讀物」二〇〇一年五月号／傍線―引用者）

東海林さだおといえば、当代の一、二を競う人気漫画家であり、エッセイストでもある。現代日本人の生態を描かせたら、右に出るものがいないのではないか。日常のどこにでもありそうな風景も、彼の目を通して見つめると、抱腹絶倒の笑いのネタになる。要するに、ありふれたものの見方や一般通念からはちょっとズレた観点の持ち主であるはずなのだ。その彼が、こうも自信満々に、おのれの言葉を一切疑うことなく、あっさりとパンツの数は「日数×1」と断言しているのである。

急いで東海林さだおの経歴を調べると、昭和一二年生まれだから、わたしより一回りとちょっと年上だということになる。戦中に生まれ、日本の戦況ますます思わしくなくなり、それにともなって銃後の生活も逼迫したであろう最中に幼年期を過ごし、戦後の物資不足の時代に少年時代をおくったということになる。そういう人が、

「パンツは毎日はきかえるべきものである」

ということを至極当然の常識としているのである。自明の理としているのである。疑問を差し挟む余地無し、としているのである。

これは、最近の日本の若者たちの極端な清潔志向とは一線を画して捉えるべき事態なのではあるまいか。やはり多くの日本人にとって、これは美意識と意識されないほど当たり前の習慣になっていたのではあるまいか。

もちろん、日本男が毎日はきかえるパンツが、必ずしも清潔とは限らないのは、周知の通り。汚れたパンツをこまめに洗っているのは、圧倒的多数の場合、その母親とか奥さんなのだから、単身赴任者や独身男なんかは、パンツを次々とはきかえていくのはいいけれど、そのうち、清潔なパンツが無くなる。母親か彼女がまとめ洗いしてくれるまで、間に合わない。それで、前にはき汚したパンツの山の中から比較的汚れの少ないのを選び出して、はくということをする。裏返したりして。

父は終生越中フンドシで過ごし、男兄弟のいないわたしに、右に記したような日本

人の一部に伝わる風習を教えてくれたのは、松本零士の漫画『男おいどん』である。裏表汚れたパンツで押入が満杯になり、カビやキノコ（「サルマタケ」と命名されている！）が繁殖しだした山のようなパンツが押入の引き戸を開けると溢れ出て覆い被さってくるというグロテスクな絵に妙なリアリティーがあって印象的だった。そして、帰国子女だったわたしには、不潔の極致を描いたその光景の中に、日本人の意識にプログラミングされた、本来清潔志向であったはずの不文律が透けて見えて仕方なかった。不思議に思えたのである。

「なぜ主人公は、生活空間を圧迫するほどにパンツがたまるまで律儀に毎日はきかえているのだろうか」

日が改まることとパンツが改まることが日本人においては一致しているという事実を再確認する思いだった。

というのも、日本の外に出てみると、必ずしも、これは常識でも戒めでもないことに気づかされていたからだ。プラハのソビエト学校時代、夏休みの二カ月間を林間学校で過ごした話は、前にした。林間学校参加者に事前に配られる「持参すべき物品リスト」に、

「……寝間着二枚、パンツ三枚、シャツ二枚、……」

とあり、それを読むなり母が呻いた。

「二カ月でパンツ三枚!!……三日に一度は洗濯せよということね」

実際には、母はわたしと妹に一〇枚ずつパンツを持たせてくれ、必ずこまめに洗濯するよう言い聞かせた。わたしも妹も忠実にその言に従った。ところが、林間学校でのルームメイトたちときたら、アジア、ヨーロッパずいぶん色々な国の子供たちがいたのだが、持参したパンツはリスト通り三枚ほどなのに、洗濯する頻度はわたしや妹とさして変わらないのである。先生方も、

「寝るときは、身体を締め付けない方が良いから、必ずパンツは脱ぐように」

と口うるさく指導するくせに、

「毎日パンツを取りかえるように」

などとは一度も注意しないのである。ということは、三倍ほど長く同じパンツをはいているのである。ずいぶん不潔なんだなあ、よく気持ち悪くないなあ、と思って母にそのことを報告すると、

「日本と違って気候が乾燥しているから汚れにくいのかしら」

と解釈していた。

最近親しくなった、日本人と結婚しているロシア系フランス人のSが面白い数字を

松本零士のマンガ『男おいどん』①（講談社コミックス）より。

教えてくれた。十数年前に、『ル・モンド』紙が、「フランス人の清潔観」と銘打ったアンケート調査をやって、その結果を誌面に掲載したことがあった。その中で「あなたは、毎日パンツを取りかえてますか？」という質問に「ウイ」と答えた男性は、わずか三・一四パーセントだったというのだ。

これを裏付けるように、パリの高級娼館の女将《おかみ》だった人が、平凡な娘を高級娼婦に仕立て上げる手練手管を披瀝した『男を虜にする愛の法則』（クロード・グリュデ著、伊藤緋紗子訳、講談社）の中で、一流の淑女として振る舞うための戒めを箇条書きにしていて、下着について、

「レース素材のもので昼間は白、夜は黒をつけさせました。ブラジャー三つ、ショーツ三枚は、最低限必要としました」（傍線―引用者）

と記している。ということは、つまりショーツ三枚以下の娘が多いということか!!とちょっと感動した。

高温多湿地帯に棲息するからとはいえ、日本人の清潔度に対する要求レベルはかなり高いらしい、というのが、以上の見聞からわたしが導き出した結論であった。誇らしくも思い、また、そこへいくと、あの気障なフランス人もかなり清潔レベルは低いのね、と見下すような気持ちが無かったとは言えない。

ところが、イタリアにコック修行に行っていた妹から、あるとき、こんな話を聞かされたのである。妹の間借りしていた家の中学生ぐらいの娘さんが、ある日、合宿から帰って来るなり、

「ねえ、ママ、○○ちゃんて、どうしようもなく不潔なのよ。あたし一緒の部屋なのが、気持ち悪かった」

と憤懣やるかたないという風情で母親に言いつけていた。

「だって、最低一日一回もビデを使わないのよ！」

この話を聞きながら、心の中で叫んでいた。

そうか、そうか！　彼らはパンツを取りかえないかわりに、パンツの中味を毎日洗浄していたのか！　ということは、もしかして、プラハ時代のルームメイトたちは、心の中でわたしのことを不潔だと思っていたのかもしれないな、と。

3章　ルパシカの黄ばんだ下端

もう三年以上前になるだろうか。ある地味な雑誌に、パンツとフンドシにまつわる短い雑文を載せたことがある。その反響が今までになくすさまじかった。雑誌が世に出てから一月もしない内に一〇通以上ものお手紙やファクスが舞い込んだのだ。わたしにとっては空前の量。

テレビ局では、番組に対する苦情であれ、礼賛であれ、電話一本の背後には五〇〇人、葉書一枚の背後には一〇〇〇人、封書一通の背後には二〇〇〇人の同じような意見の視聴者がいるものと判断するらしい。この計算法をそのまま適応するつもりはないが、世間のこの事柄に寄せる関心の高さには、ちょっとたじろいだ。この事柄については、どうしても看過できない、うっちゃっておけない人々が多いのだな、いい加減なことは書けないなと肝に銘じたのだった。

さて、いただいたお手紙を読んでみると、書き手の方々の関心は、原稿用紙一五枚ほどの原稿の中のただただ一カ所に集中していた。

まず、その箇所を引用しよう。

その後小学校三年から中学二年に相当する時期、父の赴任先だったチェコのプラハで過ごしたわたしは、ヨーロッパの男たちも、つい最近までは猿股などはかないできたという厳然たる歴史的事実を確認することになった。ワイシャツがいまも必要以上に(膝に届くほどに)長くて側面にスリットが入っているのは、その名残だ。ワイシャツの前身頃《まえみごろ》の下端と後ろ身頃の下端で股を覆う。彼らのズボンの中はそうなっていたらしいのである。もちろん直《じか》に見たことはないが。念のため。父が猿股を嫌ってフンドシで通したように、古風なヨーロッパ男はいまもワイシャツの下端で股を覆っているのだ。

(『ガセネッタ&シモネッタ』所収「フンドシチラリ」文藝春秋)

ケルト音楽に魅せられて修行のためアイルランドに長期滞在した経験のあるN氏は、右の文章に賛同してくださっただけでなく、次のような貴重な事例によって補足までしてくださった。

「コンサートなど人前での演奏に際しては、例のスカートのようなケルトの民族衣装を着用するのですが、正式には、絶対にスカートの下は何もはくな、はいてはいけない、と何度も注意されました。といっても、初めての時は、さすがに僕も演奏中スースーして落ち着かず、パフォーマンスが乱れました。もっとも慣れてくると、これが大変快適であります」

イギリスに赴任した外交官のご主人に同行してロンドン生活の長かったB夫人はわざわざお電話で心強い援護射撃をしてくださった。

「フィリップ殿下やチャールズ皇太子など英国王室や貴族の殿方は、セレモニーに際して、正装としてズボンではなくチェック模様のひだスカートをお召しになりますでしょう。伝統的にスカートの下は、決して下ばきなど着用してはならない、ということになっておりますのよ。なにしろ旧習墨守ということになりますと頑固一徹なお国柄でございましょう、おそらくダイアナ妃の葬儀のときも、もちろん皇太子以下、いたいけなお二人の王子さま方も、スカートの下は、スッポンポンでございましたはずでしてよ。ホホホホホ」

達筆な筆跡のお手紙は喜寿を迎えたばかりというT氏からだった。

「貴殿の文章拝読し一〇年ほど前に逝った亡父を想い起しました。フィンランド人。

生涯に一度たりとも猿股を着用せず、勿論一切持たず。仰せの通り、ワイシャツの下端で下半身をくるんでおりました。最期は病院で迎えましたが、そのときも、寝間着のズボンを直にはいておりました」

なかでも、函館にお住まいの小野弥生さんからのお手紙には、「おおーっ」と思わず呻いてしまうほど興奮し、早速ご本人に会いに飛んで行ったのだった。

小野弥生さんは、文面から想像していた以上に威勢の良い美女で、一九二四年生まれとはとうてい信じられないような瑞々しい肌と、よく響くほがらかな笑い声と好奇心に満ちた大きな瞳の持ち主だった。国後島の古釜布《フルカマツプ》生まれ。東京・青山のレディース服装学院に学び、作家の宇野千代さんにも可愛がられたと言う。東京の空襲で故郷に呼び戻され、そこへ終戦のドサクサにまぎれてソ連軍が進駐してくる。

上陸してきたソ連軍の兵士たちは、ちょうど季節は夏だったこともあり、よく川で水浴びをしておりました。わたしは、たまたま、水浴びの場面に出くわして、灌木の影に隠れて観察する機会がありました。そこで、見てしまったのです。ルパシカの下端が、そろいもそろって黄色というか茶色っぽくなっているんです。洗濯を請け負った女たちも言ってました。ルパシカの下端は、真っ黄色になっているって。

ほぼ同じような内容のことを、満州から引き揚げてこられたF・Sさんも証言してくださった。奉天近くの農場で少女時代を過ごしたF・Sさんが一四歳になった八月、ソ連軍が満州の国境を越えて侵入してくる。女たちは片っ端から強姦されるというので、顔に炭を塗り徴兵されている兄の服を引っ張り出してきて着用した。なるべく外出せぬようにとの申し合わせだったが、食い物の蓄えが尽きたので、畑に芋を掘りに出る。すると、ソ連軍の一団がこちらに向かって来るではないか。F・Sさんは、逃げなくてはと思うのだが、恐怖のあまり金縛りになった身体が言うことをきいてくれない。

「ワーッ」という地響きのような歓声があがり、続いて一団がこちらへ向かって走ってくる。もうだめだと観念して目をつぶった。ところが、ザワザワというざわめきと歓声は彼女の横を素通りしていった。恐る恐る顔をあげて、声のする方へ顔を向ける。二〇メートルほど先に河が流れている。

「彼らは、走りながら次々に帽子をはぎ取り、ベルトをはずし、ズボンをおろし、ルパシカを脱ぎ捨てて、バシャバシャと河の中へ飛び込んでいきました。そのルパシカの端が、二〇メートル離れた木陰からでも分かるほど、ひどく黄ばんでました」

つい最近、北海道の某市で講演した際に、この話をしたところ、会場から手が上がり、インテリ然とした紳士が立ち上がって静かに口を開いた。

「ルパシカの下端が黄ばんでいた件ですが……」

上品な紳士から尾籠な話題を咎められるのかと思いきや、まさかという極めて斬新な解釈を聞かされた。突然思いも寄らぬ方向からガーンと殴られたようなショック。しかし、聞けば聞くほど説得力があるお話である。以後この紳士と連絡を取り合って、貴重な資料までお貸しいただくことになった。

紳士の名は長勢了治。北海道大学法学部を卒業し、三菱ガス化学株式会社に二〇年以上勤めた後に、ロシア極東国立大学函館校でロシア語を学び、翻訳者になってしまったという人。というよりも、おそらく、抑留問題関係の文献を渉猟するために、ロシア語翻訳者になられたのではと睨んでいる。抑留された当事者でも、その家族でもないのに、世間的にはほとんど無視され続けている抑留者問題の究明にこれだけ持てる時間と力を注ぐその無私無欲な姿勢に、わたしは圧倒された。おそらく今日本で、ソ連抑留者問題について最も詳しい研究者の一人である。二〇〇〇点以上書かれていると伝えられる捕虜たちの手記の大半は読破されている様子だ。というのも、長勢氏の翻訳へ向かう情熱は、日本人抑留者問題に集中している。ヴィクトル・カルポフ著『スターリンの捕虜たち——シベリア抑留・ソ連機密資料が語る全容』（北海道新聞社）という名著の名訳があり、さらには、セルゲイ・I・クズネツォーフ著『完訳 シベリアの日本人捕虜たち』という貴重な資料を自費出版までしている。

さて、その長勢氏の「ルパシカの下端の黄ばみ」に関する解釈を、氏の提供してくださった資料をたどりながら紹介しようと思う。

まず、長勢氏によると、ほとんど全ての日本人捕虜たちが抑留先で困り果てたのは、便所の紙が無かったということだ。

たとえば、四年間の被抑留体験を持つ、大学職員の落合東朗さんは、現代日本のありふれた日常の一端から抑留時代を思い起こす。


便所でトイレットペーパーの芯が裂けているのを見かけることがある。ずいぶんあわてたことだろう。ポケットを探っても今日にかぎって名刺も、ハンカチもない。あのときの絶望の深さは、経験したものでなければわかるまい。シベリアにはその芯のボール紙もなかった。

格言には両義ある。棄てるカミあれば助けるカミあり。着ている綿入れの作業服の穴から、そろそろと綿を抜き出して、処理するのである。綿入れは関東軍がクーリー（苦力、下層の人夫）用に作った粗末なもので、そのため綿がよれたせいもあるが、用途が多様だったので見るも無惨なかたちになった。関東軍の防寒外套の裏の綿と、それを押さえる日本紙も同じ目的に使われた。以上は収容所内のことで、所外に出れば、自然が天然のトイレットペーパーを提供してくれた。下着だけの病院では、薪くずで小さなヘラや、万年筆ほどの丸棒を作って始末した。

（『ハルローハ、イキテイル——私のシベリア記』論創社／傍線—引用者）

東京帝国大学法学部出身の前野茂氏は、満州国の高官であった経歴が災いしたのか、一一年間も抑留されている。その体験を綴った大長編の中で回想している。

獄舎の前の広場の端の崖っぷちに風呂場があり、それから少し西に離れたところに便所があった。便所は完全な野天で、大きな堀の上に碁盤の目のように縦横に厚板が渡されていて、一度に数十人の人間がならんで、この板を踏まえてしゃがみ、用足しすることができるようになっている。それでも周囲は満州から分捕ってきたベニヤ板でかこってあった。気候のよい上天気のときはよいが、寒いときや、雨天の際はみじめなものだった。それに、どこにも手洗いの設備がない。潔癖な日本人にはたえられない後味の悪さだった。そればかりではない。不可解なことは便所の紙を与えてくれないことである。ソ連人は用便後、尻をふかないのであろうか。それとも囚人は犬同様、尻などふく必要はないとでも考えているのだろうか……。

（『ソ連獄窓十一年』講談社文庫／傍線―引用者）

一九四五年から三年間タイシェット地区などシベリアの複数のラーゲリに抑留された経験を持つ、いまいげんじ氏も、その著『シベリヤの歌』（三一書房）の中で、そのものズバリ「カミの無い国」というタイトルの文章を収めている。

永い間のソ連抑留中、私たちは一枚のちり紙も支給されたことは無かった。第一、ちり紙なんて見たことさえ無かった。

雪を摑んで鼻をかみ、器用に手鼻をかむことも覚えたが便所紙には困った。まさか、雪で尻を拭く訳にもいかない。

あり合せのボロ布を大切に小さく切って使ったり、時には応急やむを得ず、褌をちぎったり、防寒外套の裏地を裂いて間に合せる者もあって、表は焚き火で焼け焦げた外套の、今度は裏地の破れから綿がはみ出した者が多くなり、大隊本部からは命令会報が出る騒ぎ、「厳寒のシベリヤで防寒外套を破損するなど自殺行為である云々」。

それでは一体、何を使ったらいいのか、中には人知れず指で拭って雪にこすりつける者さえあったかも知れない。

「なあに、防寒外套など春まで保てばいいんだ、次の冬までこんなところに置かれて堪るか！」

と兵達はうそぶいたが、どうせ、季節が外れると回収し、季節が来ると支給する社会的所有物じゃねえか、来年のことまで知るもんけえだ。

私自身は配給される少量の煙草とボロ布を交換しては何とか間に合せたが、後にセメントの空袋の紙を手に入れ、これを使ったら尻の穴がヒリヒリ痛む。そこでこれを水によく晒した後、便所で蹲みながら揉みほごしていたら、耳ざとく聞きつけた二三列向うの男、「あ、勿体無い、その紙をこの布切と交換して下さい」

お互いに蹲みながらの取引成立、交換されたセメントの紙は煙草の巻紙に使われるのだ。

「ソ連は唯物論の国だから、カミは無いさ」

と洒落る者もいたが、それにしても一体、ちり紙の無いソ連という国では誰も尻を拭かないのだろうか？

あるとき、これを、炊事班長で通訳も出来る大西曹長に尋ねたら、

「さあ、彼らは日本人と主食が違うから、犬の糞みたいにコロリと出て、尻があまり汚れないのかも知れん」

と答えたが、その真偽のほどは分らない。（傍線—引用者）

ところが、真偽のほどが解明される日がやってくるのである。先の文章に続けて前野茂氏は、書いている。

あるとき看守の兵隊が平気で私どものなかにはいってきて、一緒にならんで用をすまし、紙を使わないで立ち去ったので、ようやく私どもに紙をくれない理由が納得できた。（『ソ連獄窓十一年』講談社文庫／傍線—引用者）

先に引用した落合東朗氏も記している。

ソ連人はまったく紙を使わなかった。彼らのあいだに需要がないのに、どうして捕虜の需要に応える必要があるだろうか。食い物のせいで、兎や羊のようなウンコをするのか、などとわたしたちはつまらぬせんさくをした。（『ハルローハ、イキテイル——私のシベリア記』論創社／傍線—引用者）

三年間にイルクーツク地区の四カ所の収容所を転々とした斎藤邦雄氏は、次のように証言する。

ところで、おどろいたことに、このラーゲリのトイレを、ソ連側もときどき私たちとおなじように使用したのである。私たちがやっている隣りへひょいと来て下士官も兵隊も草色のズボンをおろし、シリを丸出しにしてやるわけである。

彼らは紙は使わない、終わればズボンを上げてそのまま出て行ってしまう。もちろん手なども洗わない。

さすが女の軍医さんだけは見たことはなかったが、所長の大尉以下はおなじようにして使用したのである。私たちから考えれば、ソ連側用としてもう一つ作ってもいいと思うのであるが、どういうわけか彼らは作らなかった。かつての日本軍は、便所一つにしても、将校、下士官、兵用とはっきり区別されていた。そのようなかですごした私たちからすると、ソ連軍のやることはまったく型破りであった。(『シベリヤ抑留兵よもやま物語』光人社/傍線―引用者)

ラーゲリと監獄の両方に収容された経験のある越智登喜男氏も、ほぼ同じように綴っている。

尾籠に亘るがラーゲリでもそうであったが此処(獄舎―引用者)でも塵紙の類は一切支給がないので日本人は一様に後始末に苦労した。携行の古シャツ等を逐次処分してこれにあてたがこれも限りあること。窮すれば通ずで考えついたのが被服の修理提出であった。故意にシャツ等を破り修理に出すとこれに大きな当て布をして返ってくる。この布を剝ぎ取り又修理に出すのである。併しこれは日本人だけでソ連人等はそんな必要はなく拭かずに其儘立上がっていた。構造の異いであろうか、不思議でならなかった。

（『朔北の道草』所収「アレクサンドロフスクの監獄」朔北会／傍線―引用者）

チリ紙が支給されないのはなぜかという日本人捕虜たちの切実な疑問は、ソ連人が実は紙を使わないでいるという実態を知るに及び、解消されるのだが、これはまた新たな疑問を呼び起こしている。なぜ、彼らは拭かずにいられるのか？　すでに今まで見てきた手記の中で、推理推測が綴られているが、次の一文はそれを追認している。

下の話のついでに言えば、ソ連兵はチリ紙を使用しなかった。それが彼らの習慣なのか、それとも当時の深刻な紙不足からきた生活の知恵なのかは聞きもらしたが、用便後さっと立ち上ってズボンをあげる。カンボイ（警戒兵）はラーゲルの便所を使用するので、この光景にはしばしばおめにかかった。私の観察したところ、将校も中尉までは大体同様だった。食物の相違なのか、彼らのものは私たち日本人より硬いせいもあるが、それにしても不潔千万である。

（鈴木省五郎『ダワイ・ヤポンスキー』陽樹社／傍線―引用者）

こうして、ルパシカの下端の黄ばみの謎は、長勢了治氏に導かれて捕虜たちの手記をたどることで解明できた。単にパンツをはいていなかったからだけでなく、拭いていなかったからだと。と同時に、抑留時代を語る名もなき人々の筆力に驚かされた。過酷な条件下の猥雑な細部を冷静に克明に観察し、それを他者に分かる言葉で語りながら、ユーモラスに突き放す。その崇高な精神に胸打たれる。

なお、ソ連の軍人たちがズボンの下にパンツをはいていなかった、と先ほど引用した手紙の中で証言した小野弥生さんは、続けてこうも書いている。

上官から兵卒まで、「трусы, трусы」と騒いでおりました。落下傘の生地をもらってきてせっせとパンツ作りに勤しんだものです。女性用にはブラジャーを作製しました。それが、島の若い娘たちの仕事でした。半世紀以上も前の出来事もきのうきょうのような気がしてわたしの心をかき立てます。

ここで、小野さんの耳が聞き取ったтрусыとは、まさに肌着のパンツを意味するロシア語である。ロシアの軍人たちは、パンツをはかずに済ますこともできたが、可能であるならばはいていたい、と願っていたのかもしれない。

4章　紙という名の神

前章の「ルパシカの黄ばんだ下端」で出した結論らしきものを追認する貴重な資料を、その後さらに長勢了治氏より提供していただいた。せっかく一段落ついたので、うっちゃっておきたいところだが、この情報を独り占めするのは罪なのではと思えるほど面白いので紹介する。

樺太生まれ、樺太育ちの関口弘治さんは、真岡林務署《ホルムスク》に勤務中に応召され、敗戦後復員して故郷に戻ったところで、反ソ宣伝罪に問われて逮捕され、一九五五年までの長きにわたってシベリアに抑留されている。

関口さんの証言にとくに希少価値があるのは、関口さんが戦争捕虜というよりも政治犯という名目で逮捕されたために、日本人ではなく多くのソ連人収容者に囲まれて過ごしていることだ。

この間、いくつものラーゲリをたらいまわしされるのだが、ウラルの森林地帯にあるラーゲリに収容されたおり、そこの風呂場の責任者をやらされている。一五〇〇人ほどが収容されているラーゲリで、一回一〇〇名が入浴できる風呂場というから、かなり大規模な施設だろう。毎晩六時から八時までの入浴時間に向けての準備と、入浴する前に収容者たちから下着を受け取り、入浴を済ませた収容者に洗濯済みのモノを渡すことになっているので、その下着の洗濯と補修も仕事内容に含まれている。というわけで、われわれは、関口さんの目を通してロシア人の下着を直につぶさに観察するまたとない機会を得るのである。

糞尿にまみれた下着の山は五枚ずつ結束して樽《ポーチカ》につけておき、水をきって大きな釜で煮沸する。私と前任者の風呂場長とで考案した木灰で煮沸する方法に、セルゲイ（洗濯夫として著者が採用したロシア人の囚人―引用者）は感嘆の声をあげていた。おそらく彼は、糞尿にまみれた下着の処理を、手を汚すことなく処理する「非ロシア人《ニエ・ロスキー》の頭脳」に、感嘆の声をあげたのだと思う。そして、あまった石鹸は収容所の所長始め警備兵へのお土産品、食堂長への貢物とするソ連流のワイロ政策活用の見事さに、内心舌をまいていたことだと思う。

勿論私は、入浴者に給与する石鹸は十分給与していた。

蛇足であるが、下着がなぜ糞尿にまみれるか説明すると、ソ連の一般人は、こんなことはないと思うが、収容所にはトイレットペーパーはおろか、脱糞後の紙などという贅沢なものもなく、パンツなどというものもなかった。下着はシャツ（ルパシカ）とズボン下《カリソーネ》だけである。勿論セーターという種類の下着はない。マイナス四十度でも、木綿の上下の下着と木綿のルパシカ、それに綿入作業着《チョルグレイカ》だけである。

食物が黒パンと塩湯《スープ》だけであるから、兎《うさぎ》のような乾燥した糞しかでないので、下着もそんなに汚れるわけではないが、寒い土地だけに痔疾患者が多く下着は結構汚れていた。

（『囚人護送車ストルイピン——シベリア流刑の黙示録』日本編集センター／傍線—引用者）

関口さんは、「ソ連の一般人は、こんなことはないと思うが」と記しているが、なんとその一般人の生態を観察した記録もあった。

松尾武雄さんは、樺太はホムトツカ生まれ、本土の大学を出た後、樺太に戻り編集畑を歩んでいる。樺太新聞戦時版編集長を務めたのだが、敗戦となる。

ソ連軍の樺太占領後、私の勤めていた新聞社も、ご多分にもれず占領軍政治局の支配下におかれた。〝日本人住民のための赤軍の新聞〟というサブタイトルつきで日本語新聞、『新生命』が発行された。

編集部は、日本人記者一名に対し、マンツーマン方式で日本語のできるソ連将校のコンビをつくって発足したのである。（『シベリアの鉄鎖《くさり》』国書刊行会）

松尾さんは、ここに二年間勤務する。ところが、一九四七年になって、戦時中に発行した本の内容が反ソ的であるとしてＮＫＶＤ（内務人民委員部、ＫＧＢの前身）に逮捕され、シベリアのラーゲリに一〇年間抑留される。

私のラアゲリ生活の体験からみても、ロシア人たちは紙を使っていなかった。ラアゲリでは二十人も同時に用を足すようなあけっぴろげのハーモニカ式のトイレである。

並んでおおっぴらにまたがって、雑談しながら用を足す。だから左右両隣のことはよくわかる。おロスケさんは大抵ポットンと落とすと、さっさと立ち上がってズボンをあげる。別にふきもしない。ワンちゃんと同じなのである。

ところが、日本人である私たちは困ってしまう。ラアゲリでは紙などは手に入らない。新聞紙でも手に入れるのは至難のわざである。たとえあっても、これはマホルカ（タバコ）を巻くのに用いるから貴重なものだ。仕方がないから、私などは草をむしって持っていくか、こっぱ（木片）を代用したりして苦労したものである。

だからラアゲリでは、ロシア人式がいちばんよいことになる。原始時代は紙などあるわけはない。私も真似したかったが、元来、日本人はお米が主食である。どうしても長い間の粒食で、腸の組織が彼らとはちがってしまったらしい。

それにくらべると、彼らはスープや肉で脂肪をふんだんに取り、しかも主食のパンは、口に入れる前に一度発酵させるから、それほど腸の負担にはならない。腸も短くてすむ。有史以来の食習慣の違いであるらしい。おロスケさんのは脂肪ののった、かつ適当の固さであるから、お犬さんの真似ができるわけだ。

（前掲書／傍線―引用者）


この観察と考察は、他のラーゲリ経験者と同工異曲なのだが、彼は、ここで逮捕前、樺太の新聞社に勤めていたときのことを思い出すのだ。

ソ連側としては、いまだ世情混沌《こんとん》としており、共産主義に反対する市民がいつ新聞社を襲撃しようとも限らない、と判断したのか、サルダート（兵隊）を十名くらい常駐させていた。

おそらく下手人は、このサルダートの連中と思われるが、社員用トイレの板壁に、至るところ指でこすりつけたと思われる汚物がぬりたくってある。用を足したあと紙を使わず指でやるらしい。一週間もたつと日本人従業員は辟易して、トイレに一歩も入れぬほどになってしまった。

毎週一度開かれる集会の席上、日本人側からこのことについて善処方を要望した。（中略）

この集会での提議は、もちろん日本人側の全員拍手をもって支持された。「社内には新聞の反古《ほご》紙は山のようにあるのだから、それを使ったらいかがでしょうか」などと親切につけ加えるなど、いささか勝利者の自負心を傷つけるような悪のりをする発言もとび出して、満場失笑してしまった。

この日本人側の発言中、編集部主幹であるミシャロフ中佐は、いかにも困惑顔で聞いていた。彼はユダヤ人であり、ロシア人のような図太さはなかったが、また、いんぎんであり、ていねいな物腰の裏には冷たく意地の悪いところがあり、油断のできない人物だった。けれども、非はソ連側にあるのだから、さすがの彼もごまかしようがなかったらしい。

「それは大変悪いことです。今の提案に私も賛成します。このことについては、日本人の皆さんに迷惑にならぬようさっそく善処しましょう」

と、彼はあっさりその非をみとめた。日ソ間交渉がこんなにうまくはこぶことなどめったにあるものではない。

直ちにトイレの板壁は、下手人であるサルダートたちの手で、すっかり洗い流されて、きれいになった。（中略）

次の集会のとき、今度はミシャロフ中佐から、日本人側に提言が出された。

「私たちは日本人の皆さんの言うとおり、トイレをきれいにしました。そこで今度は日本人の皆さんに約束してもらいたいことは、社屋のまわりの雪に、立小便のあとがたくさん、たくさんあります。これは日本人の皆さんがした汚ない行為です。たいへん下品なことです。これからは厳しくやめるはずです。わかりましたか」

ミシャロフ中佐は、失地回復したような得意満面の表情で、日本人従業員の席を見まわした。見事に一本とられた格好になった。いわれてみると、樺太の日本人は、昼でも人目がなかったり、とくに夕方や、凍《し》ばれついた夜は、どこにでも積雪に黄色い放尿の穴をいくつもこしらえるのである。わけてもそれが人の出入りする玄関先が多い。これは新聞社に限らず一般の人家でも同じことだった。

北国の生活に長い伝統を持つロシア人にはがまんできぬことだったらしい。きれいな新雪を汚すことは、いかにも無神経な所業だったからである。

（前掲書／傍線—引用者）


今までの資料は、すべてロシア人男性に関するものだったが、松尾さんは、ロシア人女性に関する証言もしている。


戦後、私の家の一部屋を、ドイツとの戦いで夫を亡くしたジーナと、リーザという従軍女性二人に貸した。貸したというより向こうから入り込んできたようなものだった。

妻と同年輩であり、私の一家に格別迷惑もかけず、私たちと家族同様にうまくやって暮らしていた。ところが、妻が不思議がった。トイレに行っても紙を使う様子がない。ある日、妻は何気ない顔で聞いてみた。すると、彼女たちは困惑した顔つきをして、

「紙は使わないの、綿《わた》を使っているから」というお答えであった。ところがトイレはその頃は今のような水洗式ではないから、こんな嘘は言葉の端からすぐばれてしまう。

妻が私に言うには、

「どうもあの二人は、綿など使ってないのよ」ということであった。私たち夫婦の結論としては、ジーナもリーザもお犬さまということになった。

（前掲書／傍線―引用者）

ロシア人が終戦前後の時期、パンツを身につけていたか否かという問題を明らかにするために、二章にわたって見てきた日本人抑留者たちの手記をたどるうちに、あることが気になって仕方なくなった。抑留者たちが、異文化に接しながらも、「用を足した後は紙で拭き、手を洗う」という自分たちの日本の風習は至極当たり前の常識として疑問にも思っていないことである。そうしないことは、人間以下、犬同然と何人

かの元抑留者が断じている。

松尾さんは、客観的な視点で己の体験や見聞を記し、日本人の立小便にまつわる事件の記述を見ても明らかなように、ロシア人に対しても努めて公平に見ようとする傾向が強く、別な箇所で、「当時ソ連の国情は、祖国存亡をかけたナチスドイツとの戦いが終わったばかりであり、トイレの紙などつくっている余裕もない。このお家の事情もあったのだろう」とまで慮っているほどなのだが、今現在の自分たちの風習を露ほども疑う気配はない。

ところが、二一世紀初頭においてさえ、地球上に棲息する人々のうち、紙で拭くのを当然の風習としているのは、主に先進国の人々を中心とした三分の一に過ぎないのである。他の圧倒的多数の国々では、水、砂、木の葉、ボロきれ、小石、とうもろこしの毛と芯、樹皮、海藻、海綿、木片、竹べら、ロープなどを使用している（神谷すみ子『トイレットペーパーの話』静岡新聞社、参照）。

日本だって、一般庶民が紙を使えるようになったのは、せいぜい二〇世紀に入ってからのことだろう。わたしの子供時代には、まだ新聞紙を備えたところもあったし、わたしたちの曾祖父母の代には、まだ藁を便所に用意していた農家もあった。

紙は、世界を見渡すと、今でも大変な贅沢品なのである。

なお、哺乳類の中で排便した後に尻を拭うのは人間だけなのだ。わが家に同居する犬猫たちを見ていても、子ども時代は、排尿、排便後、母親が尻をなめ拭いてやっているが、成犬、成猫になってからは、下痢でもしていない限り、脱糞後も清潔に保たれている。人間以外の哺乳類の場合は、直腸が便を押し出してきて排出させた上でまた元通りに引っ込む仕組みになっているのだ。人間は、直立猿人となったために、四足歩行していたころはむき出しになっていた肛門が大臀部の襞に隠れてしまい、この機能が衰えてしまったようだ。

ああ、話がずいぶん脇にそれてしまった。そろそろ本道へ戻らねば。

5章　パンツとズロースの相違

数カ月にわたって人々は、つまりは街の大多数の住民は、着の身着のままで眠りに就いた。彼らは己の身体を視野の中から失った。幾重もの衣服に封じ込められた身体は、その奥底で変貌し劣化していった。人々は実は知っていた、身体が恐ろしい有様になっているだろうことを。……人々は忘れてしまいたかった、はるか彼方の深い深い奥底に、綿入れやセーターやジャケットやフェルトの防寒靴やゲートルの下に不潔な身体があることを。しかし、身体の方は痛みや痒みによって、おかまいなしにその存在を知らしめるのだった。最も生活力に富む人々の中には、ときおり、身体を洗い、肌着を替える者もいた。そうなると、彼らはもう己の身体との邂逅を避けることはできなかった。

（『封鎖された都市に生きた人間の手記』／傍線―引用者）

第二次大戦中の一九四一年九月から四四年一月までの約九〇〇日間にわたってドイツ軍により包囲され六四万人の餓死者を出しながらレニングラード（現サンクトペテルブルグ）市は持ちこたえる。右の文章は、レニングラード封鎖を生き抜いた女性文芸評論家リディア・ギンズブルグの回想記からの抜粋である。

こういう文章を読むと、この「肌着」とは一体いかなる形状のものなのか無性に知りたくなる。綿入れもセーターもジャケットもフェルト製の防寒靴もゲートルも思い描くことができる。ところが、「肌着」のところでイメージが曖昧模糊としてくるのだ。上半身を覆うシャツやシュミーズは当時を描いた映画や本の挿絵などで見ているから想像がつくのだが、下半身は何を着用していたのか、あるいはしていなかったのか？

1章で、ソ連では第二次大戦終了まで、婦人ものの下ばきを一切工業生産していなかった、という調査報告をした。となると、一九四〇年代前半当時の下半身を覆う肌着は、手作りだったはずである。おそらく、わたしがプラハ時代、ソビエト学校の家庭科で習った木綿の生地を裁断して作ったパンツ、すなわち夏の林間学校でダーシャが手作りで縫い上げたパンツと同じようなものを想像すればいいのだろうか。

とここまで書いたところで、当時、読んだ本に載っていた一枚の白黒写真を思い出した。美しい卵形の細面をキリリと上げて、ショートカットの少女が白っぽいランニングシャツにパンツ姿のまま、軍服姿の大男たちに挟まれて歩いている。少女の年齢は一八歳ということだが、ランニングシャツの胸のあたりにふくらみはほとんどなく、その幼さが痛々しい。少女は裸足で、その足下も周囲の景色も真っ白である。モスクワがドイツ軍に包囲された一九四一年の冬は例年になく雪が多かったと伝えられる。少女の名はゾーヤ。ゾーヤ・コスモデミヤンスカヤ。普通学校を卒業したばかりのゾーヤは、母親に内緒でパルチザン隊に志願し、ドイツ軍が占領した村の偵察に出かけたところで、つかまり、拷問にかけられるが口を割らず、仲間を守り通して絞首刑にされる。その直後、ソ連軍が村を奪い返し、ゾーヤの立派な最期に関する証言を、村人たち、それに捕虜になったドイツ軍将兵から得る。ただちに故人にはソ連邦英雄の称号が授けられ、独ソ戦の緒戦でズルズルと後退を余儀なくされたソ連軍将兵と国民の志気を鼓舞するために、彼女の名は大いに利用された。わたしが読んだ本というのは、彼女の母親が著した愛娘に関する回想記だった。その中に、ドイツ軍の兵士が撮影した、氷点下三〇度以下の屋外を半裸で歩かされるゾーヤの写真が載っていたのだ。

あの写真を見た少女時代のわたしは、ゾーヤの壮絶な最期に心奪われて彼女が身に着けていたパンツの方に注意が行かなかった。ところが、記憶力とは不思議なもので、四〇年の歳月を経た今、自分でも驚くほどクッキリとあの写真に写っていたパンツの形状を思い浮かべることができるのだ。そう、あれは間違いなく、ダーシャのと同じタイプのパンツだった。ウエスト回りも、足の付け根のところもゴムを通したものだった。

しかし、当時のソ連の女たちがすべてこのタイプのパンツを身に着けていたのか、というと、そうでもないのだ。一九四〇年代以前のソ連の小説を読むと、女性の下ばきとしてパンツ трусы ではなくズロース панталоны という記述の方が多い。たとえば、一九四〇年に著されたD・ハルムスの小説『邪魔』もそうだ。

「とても美しい靴下ですな」とプローニンは言った。

「靴下がお気に召して？」とイリーナ・マーゼル。

「ああ、それはもう、とても」と言いながらプローニンはそれを鷲づかみにした。

「わたくしの靴下の何がお気に召したのかしら」

「とてもツルツルと滑らかなところですな」とプローニン。

イリーナは、やおらスカートを持ち上げると言った。

「ご覧になって、この靴下、とても長いんですのよ」

「ああ、そう、そうですな」とプローニン。

「ほら、ここで靴下はお終いになりますの。その先は、むき出しの足ですわ」とイリーナ。

「ああ、なんて足なんだ！」とプローニン。

「わたくしの足はとても太くて」とイリーナは言った。「それに腰もとても幅広なんですの」

「拝ませて下さいな」とプローニン。

「ダメですわ」とイリーナ。「あたし、ズロースをつけてませんもの」

プローニンは突然イリーナの前に跪いた。

「なぜ跪かれたりなさるの？」

プローニンは、イリーナの足の靴下より少し上あたりに口付けをして言った。

「こうするためです」

「なぜスカートをさらに上げようとなさるの。申し上げましたでしょう、わたくし、ズロースをつけてませんのよ」

しかしプローニンはやはりスカートをたくし上げて言った。

「気になさらないで下さい、気になさらないで」

「つまりどういうことですの、気になさらないでって」とイリーナが言ったところで、ドアを誰かがたたいたのだった。イリーナは急いでスカートの裾を下ろして整え、床に跪いていたプローニンは何事もなかったように立ち上がり窓際にたたずんだ。　（傍線―引用者）

遅ればせながら念のため、本書で、「パンツ」、「ズロース」という語を用いる際の概念規定をしておきたい。

ズボンを意味するフランス語起源の pantalon から派生した pantaloons の短縮形として一九世紀四〇年代初頭からアメリカで用いられるようになった pants という語、日本語では主に裾の短い（足の付け根ぐらいまでの長さの）男性ならびに女性の下着としての下ばきを意味するものとして用いられてきた。さらには、トレーニング・パンツ等のように股下の長短に関係なく、運動着として用いる下ばきを意味した。ところが、一九六〇年代以降にはパンツ・ルックという言い方からも窺えるように、上着のズボンやパンタロンをも指すようになったので、まぎらわしいことこの上ない。ここでは、傍線を施した部分の意味だけに用いることにする。つまり、ブリーフ、トランクス、パンティー、ショーツなどの総称および運動用の下ばきとする。

「ズロース」は、drawers が訛ったもので、腰から大腿部を覆うゆるやかな半ズボン状の下ばきを指す。パンツよりも股下が長いが、裾は膝の線を下限とする。つまり、股引やズボン下より短い。子供ならびに婦人用の下着である。

「パンツ」「ズロース」を右のように概念規定するにあたり、いくつかの事典にお世話になったが、詳細かつ頭抜けて明解な平凡社世界大百科事典の記述を基本に据えた。

しかし、ロシア語の трусы（元は英語のズボンを意味する trousers が訛ったもの）、панталоны（仏語の pantalon の借用）という語に、それぞれ「パンツ」「ズロース」という語をあてがうためには、ちょっと苦労した。

まず、ソ連邦が国威をかけて発行した『大ソビエト百科事典 Большая Советская Энциклопедия』を引いた。ところが、一九二六～四七年刊行の六五巻版にも、一九五〇～六〇年刊行の五一巻版にも、一九六九～八一年刊行の三〇巻版にも、「パンツ」「下ばき」「ズロース」「ズボン下」「股引」の項目はおろか、「肌着」「下着」の項目も無いのである。取り上げるに値しないと判断したのではないだろうか。ところが、全く当てにしないで引いてみた、一九八九年刊行の一巻ものの『ソビエト百科辞典 Советский энциклопедический словарь』に、なんと「肌着」の項目があった。

肌着の基本的な目的は、衛生的観点から見てより良好な microclimate ＝微小気候（温度、湿度など）を衣服の下の空間に創出せしめ、肉体から放たれる熱の調節に寄与することである。肌着は、皮膚からの排泄物（汗、皮脂など）を速やかに吸収すべきであり、さらには、外界からの汚染、および肌着よりも粗い表面を有する上着による力学的な刺激から皮膚を守るべきものである。（中略）
夏期には、比較的軽量な肌着（パンツ、ランニング・シャツ、網状シャツなど）

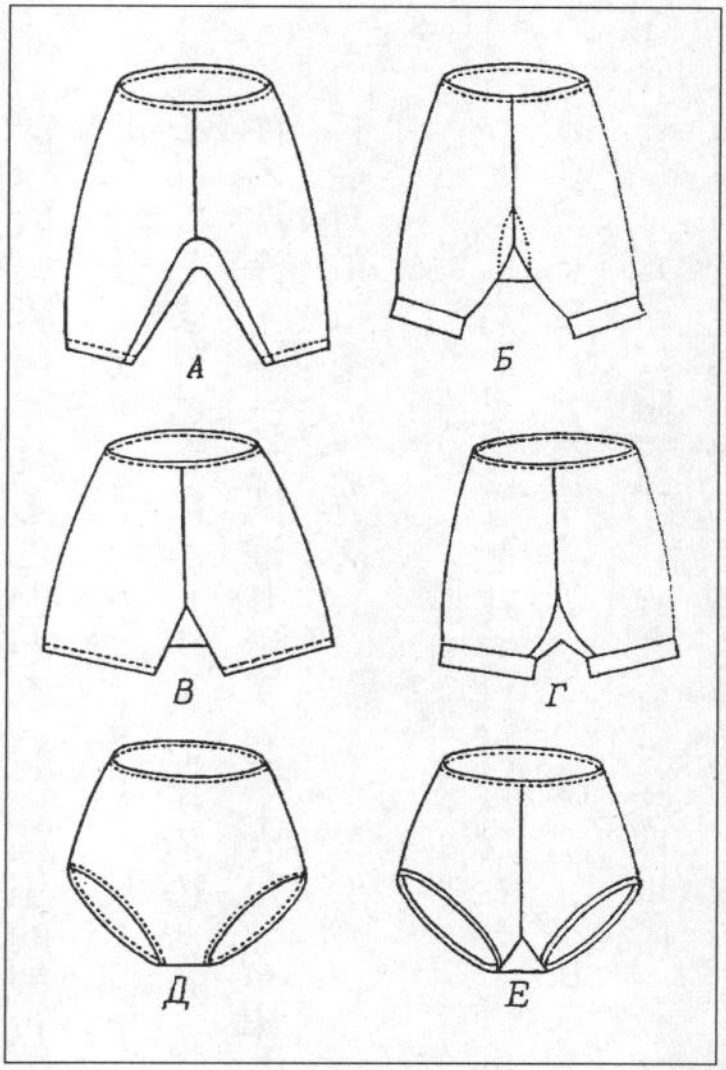

ソビエトの『商品辞典』より。上・中段の4タイプがズロース、下段の2タイプがパンツ。

が一般に着用されることが多い。衛生的観点から見ると、軽量な肌着は本来の目的に十分にかなったものではない。というのも、身体の多くの部分が直接上着に触れてしまうことになり、大いに汚染されるからだ。しかし頻繁な（毎日の）身体の洗浄と軽い（洗濯しやすい）上着の着用という条件下では、これもまた十分に合理的なものである。

もっとも、右のような記述では、残念ながら、個々の下着の形状は全く分からないのである。そこで、参考になったのは、一九五六〜六一年刊行の『商品辞典 Товарный словарь』。衣料に限らず、一九五〇年代以降、ソ連で作られていた（全？）商品についての説明と規格が載っている辞典で、衣料品については、図解と素材、裁断と縫製の方法に関する詳細な記述を伴うものであった。

もちろん、一九四〇年代以前には商品化されていなかったはずではあるが、下ばきの分類方法は、基本的に変わっていないと見た。その根拠は次章以降に述べる。

さて、『商品辞典』によると、панталоны とは、子供および婦人用の下ばきで、裾の長さが足の付け根と膝のあいだにあるもの、そのうちの足の付け根スレスレに裾が来るものを、панталоны-трусы、略して трусы と呼ばれていることが判明した。この場合、裾が袋とじされてゴムやヒモが通されていようと、カフス状になっていようと、レースがついていようと関係なく、あくまでも裾の長さによって決められている。

панталоны にズロース、трусы にパンツという訳語をあてがうことにしたのには、そういう事情がある。

6章　『友誼』印のズロース

先に紹介した『商品辞典』は、一九五六年から六一年にかけてソ連邦で刊行されたもので、当時国内で流通していたすべての商品を網羅しようという途轍もない試みだった。品目数が極端に少ない社会主義経済体制ゆえに可能だったのだろうが、それでも、まさに空前絶後で、それ以前も以降も類似の辞典、事典は一切出ていない。ドイツとの戦争に勝利し、国力に対する自信、というか自負のようなものが感じられる。

この辞典でтрусыパンツとпанталоныズロースの相違を確認してからというもの、第二次世界大戦を挟んだ四〇年代を描いたソ連の文学作品の中に、女性の履き物としてパンツはわずかしか登場せず、はるかにズロースが多いことに気づかされた。もちろん、単に「下着」とか、「肌着」としか記さない作品の方が圧倒的に多いのだが。

小学校一年のときの担任は、若い女性教師だった。子供心にも、彼女がお洒落をしたくてたまらないのが分かった。美しい流行の服にとても敏感なのだ。彼女の夫は俳優だった。といっても、子供専用劇場の俳優だったが、それでも、いち早く流行を取り入れるのは、そういう業界に通じているせいかもしれないとの、もっぱらの噂だった。当時の最先端の流行は、ズボンと、かなり短めのスカートだった。女性が校内でズボンを着用することは、体育の時間以外では禁じられていた。一年ぐらい先のことだが、ズボンをはいて登校してきた別の教師が解雇されている。残された選択肢は短いスカートということになる。膝小僧が見えるくらい短いワンピース姿で、ある日、彼女は教室に入ってきた。やわらかなライラック色をした袖の短いワンピース。スカート部分は、釣り鐘みたいな形をしていた。

その愛らしい姿形に何だかひどく違和感を覚えた。というのも、彼女は恐ろしく四角四面な教師だった。凶暴な、と言ってもいいくらいに厳格だった。生徒を叱るときは、情け容赦なく、手心を加えるということを知らなかった。その彼女が、黒板に何かを書き付ける必要があって、つま先立ちになった。片手を上げると、脇の下の生地が思いっ切り引っ張り上げられた。それで、暖かそうなフランネル製のズロースが見えてしまった。裾にゴムが通っている長いズロース。

あの瞬間にわたしを電光石火の如く襲った感情をどう表現したらいいのだろう。教室に君臨していた凶暴な神様、わたしが嫌悪し、恐れおののいていた存在が、突然、実はごく普通の、弱みや隙だらけの人間であることが分かったのである。不死身なんかではないということを了解したのである。不思議なことに、わたしは、その新しい情報を、級友たちに交じって声をあげて笑うことはせずに、なぜか苦い思いとともに噛みしめたのだった。（傍線―引用者）

右のエッセイもまた「身体の記憶――ソビエト時代の下着」展に展示されていた作者不明の文章なのだが、ズロースは、スカートの下からチラリと見えてこそインパクトがある。

一九五九年にソ連共産党書記長フルシチョフは、アメリカ大統領アイゼンハワーとのドイツ問題に関する協議のためにフランスを訪問する。この協議は不首尾に終わり、周知の通り、その後ベルリンの壁が構築されるという最悪の結末に至る。フランス滞在中のフルシチョフが、かなり不機嫌だったことは、彼の補佐官が記した回想録などからも窺える。それでも、気を遣ったフランス政府の計らいなのか、会議の合間には、息抜きのために劇場やキャバレーなどに招待されている。ムーラン・ルージュを訪れたフルシチョフは、フレンチ・カンカンに度肝を抜かれ、「スカートの中を見せつけるなんて何と下劣なショーだ。こんなのは、芸術とは無縁である。彼らにボリショイ・バレエを見せてやりたいものだ!!」

というようなことを言ったと伝えられている。この事件は、モスクワで初めて開かれた抽象画展を訪れた同書記長が、

「こんなのは、ロバの尻尾で書いたも同然」

と非難した事件と合わせて、フルシチョフの歯に衣着《きぬ》せない率直な人柄と、現代的な芸術を理解できない野蛮人ぶりを物語るエピソードとしてその後長く語りぐさになった。

しかし、フレンチ・カンカンのようにスカートをめくりっぱなしでズロースを見せつけられると、その有り難さが減退するのもたしかである。チラリと見え隠れするからこそ、心ときめいたり、ドキッとしたりする。

いつものことながら、試験当日までに作品が間に合いそうになくなり、試験前夜、僕たちのグループは、それぞれが制作した部品を持ち寄って、教室に居残り、ああだこうだと言い合いながら夜を徹して組み立てたのだった。ようやく、作品

が仕上がったのは、明け方だった。上々の出来で、これなら試験を優秀な成績でパスできるのではないか、と誰もが確信した。それで、じゃあ家に帰ろうということになった。

ところが、校門の、高さが三メートルはある扉には頑丈な鍵がかかっている。皆でガタガタさせたがビクともしない。鋼鉄製の格子の扉。それで、映画の場面を思い出したんだ。十月革命のときに革命派が冬の宮殿を襲撃するときに、格子状の門扉をよじ登っていく、あの方式で門を乗り越えようということになった。グループ内の男は僕とアリョーシャだけで、あとの五人は全員女だった。僕たち男の子の肩を足場に、女の子が門扉によじ登った。アリョーシャが、三日後に、言った。

「セリョージャ、気づいたかい、僕らのグループの女どものズロースときたら、どれもおんなじ色してて形がおんなじようにダボダボだったな」

たしかにどれもどぎつい黄色だった。あとで分かったことだが、皆同じ店の行列に並んで購入したらしい。それでも、色も形も代わり映えのしないズロースの中で、僕が心をときめかせたのは、たった一つのズロースだった。

（傍線――引用者）

これも同じ展覧会に展示されていた作者不明の回想で、どうやら描かれている時代は大戦直後である。作者は大学の建築科の学生で一七歳、同級生のアリョーシャという青年は、二〇歳。復員兵で年を食っている。ここで、注目すべきは、大戦直後に既製品のズロースが出回っていたらしいという事実だ。それも、東欧製の薄手の生地の薄い色合いのスマートなパンツではなく、「ダボダボのズロース」。これについては、他の展示テキストにも出てくる。

一〇歳になったとき、戦争が終わった。それで叔父が復員してきた。叔父は二〇歳。若くて美男で陽気で、しかもとびきり運のいい男。だって、生きて帰れただけでなく、無傷で帰れたのだもの。わたしに気づくと、抱き上げて、子供のときみたいに高く高く持ち上げた。スカートがめくれ上がってズロースが丸見えになった。派手な真っ黄色の分厚い、内側が毛羽だったズロース。

「イヤーッ。下ろして」

わめいて足をバタバタさせているのに、叔父はわたしを高く持ち上げたまま上機嫌でケタケタ笑っている。恥ずかしくて恥ずかしくてわたしは泣き出してしまい、ようやく叔父は下ろしてくれた。あのズロースは新品の中国製で、『友誼』という意味の漢字が刺繍してあった。すごく流行っていて、学校でも女友達同士は見せ合って自慢していたというのに。なぜかあのときだけは恥ずかしくてたまらなかった。（傍線—引用者）

『友誼』印の中国製ズロースについては、この時代を回想した他のいくつかの展示テキストでも触れてあり、大戦終了前後のソ連市場に大量に入ってきていた模様だ。

ある日、母方の親戚の家に連れて行かれた。見ず知らずの人たちが大勢いて、のべつまくなしに食ったり飲んだり喋ったりしていて僕は気持ちが悪くなった。そこへいきなりその家のじいちゃん（ボケ老人だとママが言っていた）がやって来て、みんなをアッと言わせた。新品の空色の股引姿だったんだ。飲み食いしていた大人たちは、今度は一斉にその股引の話に夢中になった。コネで入手したとか、内側が毛羽立っているからとても暖かいフランネル製だとか、ブランド名は『友誼』だとか、「鳩時計」のところに二つもボタンが付いているとか。とにかく騒々しいったらない。「鳩時計」という俗語の意味を僕はまだ知らなかったけれど、何だかちょっとドキドキした。

それから一週間ほど経ったある朝、ひどい衝撃が僕を襲った。パパとママが僕に誕生日のプレゼントを用意していたんだ。僕はその日八歳になった。包みを開けると、空色の生地が見えていやな予感がした。予感は的中した。あのじいちゃんが着ていた股引と瓜二つの中国製。内側が毛羽立っているフランネル製で、『友誼』印で、「鳩時計」のところにボタンが二つ。コネでやっとのことで手に入れたのよ。外は氷点下の寒さだから、すぐにそれをはきなさい、とママは言った。股引なんて老人がはくものだ、と僕は思っていたので、嫌だ嫌だと散々ゴネた。でも結局ママに押し切られてしまった。実際にはいてみると、股引は僕には大きすぎた。だからつんつるてんのズボンを上からはくと、裾の下から空色の生地が思い切りはみ出している。ママは、ああ良いアイディアが浮かんだわと得意になって、いつものソックスではなく、ハイソックスを僕にはかせて、それではみ出した股引の裾を隠した。僕はゾーッとした。脱糞したみたいな感触だった。『友誼』の臀部は二重になっていて、内部の毛羽立った表面が尻に当たり、それに異物感を覚えたのだ。僕は、玄関を出ると、上の階に上り、そこの踊り場でズボンと股引を脱ぎ、それからズボンだけをはいて、股引はたたんでカバンに仕舞い込んだ。それ以来、ずっと股引ははいていない。

女性用ズロースだけではなく、男性用股引も、『友誼』印の下着は大戦前後に中国から入ってきて、一般市民はコネで入手するほど人気があったようである。一九四五年前後となると、対ソ輸出は、国民党政権下の中国からだったのか、それとも中共の実質支配地域からのものだったのか、興味深いことである。『友誼』印の下着のソ連内流通は、中華人民共和国が名実ともに成立した一九四九年一〇月一日以降も続き、六〇年代初めに両国関係が決裂するまで続いたようで、ソ連と中国のあいだの極めて短い『友誼』時代を物語る証でもある。

ズロースと言えば、実名を出すのははばかられるものの、植物学の研究者として名高いI氏から、一度貴重な体験を話してもらったことがある。幾度も昭和天皇にご進講申し上げたことのあるI氏は、その日は、両陛下がある地方における野山の植物を採集されるということで、付き添った。珍しい草花が目に止まると、嬉しそうに走り寄ってそれを摘まれる天皇陛下は、まるで少年のよう。かなり険しい崖にもスタスタと登っていかれる。「これをごらん」と、皇后陛下にも呼びかけられる。皇后陛下が、崖を登っていかれる。それを見上げるI氏の目には、畏れ多くも皇后陛下がお召しになったズロースが飛び込んできたというのだ。あれは、毛糸のかなり裾の長いズロースだった、と戦前育ちのI氏が語った様子が忘れられない。大切に隠し持っていた家宝を誇らしげに見せるかのようだった。

言わずもがなのことではあるが、チラリと見えるズロースのインパクトは、着用者が神聖であればあるほど、畏れ多ければ多いほど、権威高ければ高いほど絶大なのである。

7章　禁欲と華美と

小さかった頃、家におばあちゃんが同居していた。古参のボリシェビキである。わたしが学校から帰ってくると、おばあちゃんは昼ご飯を食べさせてくれた。家人はみなおばあちゃんはボケ老人だと考えていて、そのことを遠慮会釈なくしじゅう口にしていた。

わたしは他の子供たちにおばあちゃんを見られるのが、ゾッとするほど怖かった。おばあちゃんの家にいるときの格好がおそろしく変わっていて、わたしにはそれが泣きたくなるほど恥ずかしかったのだ。

パパの着古した裾が膝まで届くデカパンにやはりパパのお古の水色のランニングシャツ。その上にボロボロになったエプロンをかけ、頭にはていねいにネッカチーフをしていた。それがおばあちゃんが台所に立つときの出で立ちだった。パパは姑のそんな格好を目にする度に怒り狂ってカッカした。あの頃は、おばあちゃんが痴呆のせいだと思っていたけれど、自分の下着の中に老いさらばえた女の肉体があるのが、パパには耐えがたかったのだろうと、今では解釈している。さらには、今になって、もう一つ新しい解釈が加わった。一九二〇年代の共産青年同盟員だった、当時としては、「解放された」「飛んでる」女だったおばあちゃんにとっては、あれは一種のユニセックス・スタイルだったのではないか、と。おばあちゃんはわざとあのスタイルでわたしたち皆にショックを与えるつもりだったのだろう、おばあちゃんは何もかも承知の上でああしていたのであって、決してボケ老人なんかではなかったに違いない、と。

ママはおばあちゃんのこうしたすべてをものすごく嫌悪していたものだから、ビクトリア朝風の華美をこよなく愛するブルジョア的な女に育った。下着にもフリルとかレースとかをふんだんに付けるのが大好きで、生活信条の上で最も重視するキーワードは、「常識」だった。

（「身体の記憶——ソビエト時代の下着」展カタログ／傍線—引用者）

一九一七年の十月社会主義革命は、社会、経済だけでなく、伝統的な家庭、風俗、性のモラルをも激震させる。革命的女性労働者ワシリーサ・マルイギナの恋愛を通して性の解放、結婚制度の撤廃を説いたアレクサンドラ・コロンタイ著『働き蜂の恋』(邦題「赤い恋」一九二七年刊)が一世を風靡したのもこの頃である。これは、斬新さと衝撃度においては、ボーヴォワールの『第二の性』や一九六〇年代のウーマン・リヴなどをはるかにはるかにしのぐものであった。ワシリーサがどんな下着を着用していたのか、小説には記されていないが、右の文章の「おばあちゃん」の出で立ちは、それをイメージさせてくれる。ワシリーサが恋仲になっていた男が、結局、没落貴族の「ビクトリア朝風な」女に入れあげてワシリーサを捨てる顛末は、本来は革命家であり政治家だったコロンタイの小説家としての冷徹なリアリズムを感じさせる。

一七年の革命後すぐに始まった内戦は四年間続き、三三カ国からの干渉軍の介入と相まって人心は荒廃し、経済が壊滅的打撃を受ける。この時代の雰囲気や、人々の精神状態をよく伝えているのが、N・オストロフスキイ著『鋼鉄はいかに鍛えられたか』とかM・ショーロホフの『静かなるドン』で、いずれも二〇世紀の六〇年代ぐらいまでは世界的ベストセラーでさえあった。日本でももちろん、ずいぶん売れていた。

しかし、今になって目を通すと、登場人物たちの高揚した精神状態にとてもついていけない自分に気づく。彼らが信ずる革命の大義の無惨なれの果てを知ってしまったこともあるのだろう。いわゆる名著リストから脱落した、今では振り向きもされない作品である。

ところが、ついこの間、某テレビ番組で現代中国の文学好きの青年とおしゃべりをしたところ、何と中国では今もって、この二作品は超人気小説で、最近、前者を映画化したところ、記録的なロングランを更新中ということである。わざわざウクライナにロケしてウクライナ人の俳優を使って制作したというから、相当費用もかかったことだろうが、おそらく十分に採算が取れると踏んだのだろう。発展途上国の青年男女にとっては、これらの作品に息づく生活感覚や美意識に十二分にリアリティーがあるのではないだろうか。先進国の豊かな消費生活を享受するうちに、わたしたちの感受性や美意識も知らず知らずのうちに変わってきていることを、気づかされてしまった。

さて、冒頭の文章は、激動するロシアにおいて、世代ごとにクッキリと変わっていく感受性や美意識をものの見ごとに伝えている。

内戦時代の流血と破壊の四年間にしかれていた戦時共産主義政策時代のストイックな精神を代表するのが、「おばあちゃん」の世代とすると、次の「ビクトリア朝風の華美をこよなく愛するブルジョア的なママ」の世代に相当するのが、新経済政策《ネップ》の時代だろう。壊滅した経済を復興するために革命政権は、市場的要素を採り入れたネップを実施する。商品の品目が増え、都市の人々の消費生活に華やぎが戻ってくる。三〇年代に入ると、重工業化と農業集団化を二本柱にした政策がネップに代わって採用されるものの、まだネップ時代の余韻が残っている。次に引用する小説、テキスト、いずれもこの時代を描いている。

ここでイワン（ベズドームヌイイ――詩人）は二つのことが心配になった。一つ目は、彼が肌身離さず持ち歩いていたMASSOLIT（大衆文芸協会）の身分証明書を無くしてしまったこと、そして二つ目は、はたしてこのような格好で支障なくモスクワ市内を通過できるかということだった。なにしろ股引姿だったのだから……たしかに、大方にとってはどうでもいいことだろうが、何らかの言いがかりをつけられたり、足止めを喰らったりしないか気が気でなかった。

イワンは股引のくるぶしの辺りに縫いつけてあったボタンを引きちぎった。こうすれば夏物のズボンに見えるかもしれないと計算したのだ。聖像画《イコン》とロウソクとマッチを抱え込んで駆けだした。（中略）

イワンの懸念通りになった。通行人は彼に気づくと注視し、振り返る。その結果、彼は大通りを歩くのをやめ、うるさい連中がより少なそうな横丁や路地を移動することにした。その方が、裸足の彼につきまとって、断固ズボンには見られ

たくないらしい股引のことをあれこれ尋ねてウンザリさせられる機会が少ない気がした。（中略）

捕まった詩人（イワン）をボーイたちが手ぬぐいで締め上げているあいだ、レストランの更衣室では、海賊船の船団長と玄関番のあいだでこんな話が繰り広げられていた。

「君、ヤツがズボン下のままなのを見ただろう?」と冷酷に海賊が尋ねる。

「でもねえ、アルチバルド・アルチバリドヴィッチ」戦々恐々としながら玄関番が答える。「通さないわけにはいきませんでしょうが、あの人たちがMASSOLITのメンバーである以上は?」

「君、ヤツがズボン下のままなのを見ただろう?」と海賊は同じ台詞を繰り返した。

「勘弁願いますよ、アルチバルド・アルチバリドヴィッチ」顔を真っ赤に染めながら玄関番が言った。「わたしに何ができるとおっしゃるのですか? わたしだって分かっておるつもりです。ベランダにはご婦人方も座っておられることだし……」

「ご婦人方なんぞどうでもよい、ご婦人方にとってもどうでもよいことだ!」海賊は文字通り眼光で焼き尽くすように玄関番を睨み付けながら答えた。「ところが、警察にとってはどうでもよいことではないんだ！　下着姿のままの人間がモスクワの街路を歩くのが許されるのは、たった一つの場合だけ、つまり警官に補導されている場合だけってことだ。それも、行き先はたった一つ、警察署だ！……」（『巨匠とマルガリータ』／傍線および括弧内記述―引用者）

右は、一九四〇年に不遇のまま亡くなった天才作家M・ブルガーコフの最高傑作との誉れ高い長編小説で、他の多くの彼の作品同様に、生前は日の目を見ることがなく、刊行されたのは、一九六六年のことである。しかし、作品の舞台は、二〇〇〇年前のエルサレムと一九三〇年代のモスクワで、魔術師団に翻弄される悪夢のような四日間が描かれる。虚実の皮膜を縦横無尽に行き来しながら現実的な「善」の仮面を非現実的な「悪」が暴くという構造を持つ作品だが、右の文章では、荒唐無稽な物語展開が「股引＝ズボン下」のリアリティーによって支えられているところがおかしい。

ここで、登場人物のイワン・ベズドームヌイイが、股引がズボンに見えるよう股引のくるぶしのところのボタンを引きちぎるくだりがあるが、まさに一九二〇年代のネップ時代にソ連に最新のファッションとして、そういう「下着っぽい」ズボンが西側から流入してくるのである。

エレガンスとヨーロッパかぶれ、それに大胆不敵の極致、それが白いズボンだった。プロレタリアにとってだけでなく、多くの人々にとって（そのことを自覚していようが、いまいが）、それは上陸したとたんにそれまで乗っていた船を焼かれて後戻りができなくなるような、ルビコン河をわたるような決断を要するものだった。僕の少年時代の例で言えば、男にとっては口髭を剃り落とすような、女にとっては初めて化粧するような、あるいはお下げ髪をバッサリカットしてしまうような、そういう種類のものである。今では白ズボン観も変わってきているが、それでも尾ひれは残っていて、多くの尊敬すべき人々が白いズボンを着用することで己とエレガントなファッションを辱めている。……（中略）白いズボンこれ即ちズボン下であり、下手すると裸体をさらすよりも不作法で周囲の失笑顰蹙を買うことである、というのだ。そして、下着が白いことが希になった現在でも、大多数の尊敬すべき人々にとって、さらにはぜんぜん尊敬すべきでない人々にとっても、白いズボンは不作法な代物なのである。つまりこれを着用することは極めてリスキーであり、それだけに魅力的なことなのだ。ちなみに、程度の差

はあるが、これは女の白いドレスにも波及している見方である。（ミハイル・クズミン『日記』一九三四年／傍線―引用者）

真っ白いズボンの格好良さに憧れるソ連庶民の心情は、イリヤ・イリフとエフゲーニイ・ペトロフの抱腹絶倒悪漢小説『黄金の仔牛』の主人公オスタップ・ベンデルがことあるごとに代弁している。そもそも彼は、皺一つ無くピタッと足に吸い付くような真っ白いズボンに憧れてメキシコへの亡命を夢見ているのである。当時を描いた映画に登場するハイカラな人物（新進気鋭の芸術家とか建築家とか）の多くもまた、白いズボンをはいている。たとえば、ソ連が生んだ天才的ジャズ奏者ウスチノフが一介の牧童から身を立て世間に認められていく様子を物語る『陽気な連中』という映画もそうだ。ここには、一九三七年に始まる大粛清を前に、消える直前のロウソクの炎がパッと燃え上がるような明るさが感じられる。格好いいもの、ハイカラなものに素直に憧れる人々の姿がある。

子供の頃一番のステータス・シンボルはハイソックスだった。ソビエト連邦には当時ハイソックスなんてものは存在しなかったのだけれど、わたしが通っていたのは、フリチオフ・ナンセン記念学校とかいう特別な学校だった。それで特別な子供たちがいっぱい通っていた。将来人民の敵になる人たちの子供たち。スヴェトラーナ・ブハーリナはわたしの親友だったし、同じ学年の別なクラスには、スヴェトカ・ガマルニクやミルカ・ウボレーヴィチ（それぞれ一九三八年に銃殺される共産党の指導者たち、ブハーリン、ガマルニク、ウボレーヴィチの娘）がいた。その後、親が銃殺されてからは、どの子も孤児院送りになった。ミルカは、ものすごく綺麗な女の子だったし、着ている服も特別だった。それから外国人の子供たちもたくさんいて、そのだれもがハイソックスを身に付け、菱形模様に編んだセーターを着て、前面に鶏冠みたいな飾りの付いた靴をはいていた。女の子はスカート、男の子は短ズボン。これがステータスのある家庭の子供の出で立ちだった。

わたしたちは皆、こういう格好をするのが夢だった。だから、ソビエト国民の常として創意工夫を凝らした。普通の靴下の上端を丸めて輪ゴムで止めた。カットするという考えは浮かばなかった。もっともカットしたらほどけてしまったことだろう。この自家製ハイソックスを寒さで足が真っ青になる冬になるまで、できれば冬の最中にもはき続けるのが、最も格好よいことになっていた。あの頃の冬はひどく寒かった。朝家を出て、クラスメイトと会うと、まずは靴下を留め金から外して、丸めて膝のあたりでゴムで止める。それから誇らしく学校へ駆けていくのだった。家の人たちは、もちろん、そんなことを許すはずがなかった。でも、本質的には、大した違いはなかった。だって普通のはき方をしていても、たとえ氷点下の日であれ、どうせ靴下の上の腿の部分ははだけていたのだから。暖かい股引ははいていなかった。はいていたのはズロースで、この上端は靴下と同じく胸衣の下端に留めるようになっていた。上端はゴムが通っているのではなくて、ボタンか留め金でつなぎ止めるようになっていた。トイレでは、背部のボタンを外さなくてはならなかった。しかし、前面は繋がったままで用は足せた。あの頃はトリコットの下着なんて考えられなかった。ニットの股引は赤ちゃん用しかまだなかった。だから学校でそんなものを着ている子は一人もいなかった。だいたい厚着や重ね着は格好悪いものと考えられていたし。ハイソックスに短いスカートだけでなく、ブルマーを着用するのも流行っていた。街中でずいぶん見かけた。今のミニスカートよりももっと短いのである。

ところで、スターリン時代は厳格で性を否定した時代だとよく言われるけれど、そういう意見は全く理解しかねる。単にあの頃は、「セックス」という替わりに

физкультура（ふつう「体育」と翻訳されるが、字句通りには「肉体文化」という意味になる）と言っていただけなのだ。

（「身体の記憶——ソビエト時代の下着」展カタログ／傍線——引用者）

8章　伝統との訣別

『罪と罰』の中で主人公ラスコリニコフが、へべれけ状態で馬車にひかれ瀕死のマルメラードフを妻のカチェリーナの許へ連れて来る場面がある。大黒柱のマルメラードフがアル中でどの仕事も長続きしないため、一家六人は赤貧洗うがごとき生活をおくっている。継母カチェリーナと幼い弟妹たちの生活のために、マルメラードフの連れ娘《こ》ソーニャが売春婦に身を落とすほどの極貧状態の中で、お嬢様育ちながら今や肺病やみのカチェリーナが現在の境遇を呪いながら何とか体面を保とうとあがいている様を表すのに、ドストエフスキーは卓抜なディテールを持ってくる。

> カチェリーナは窓のほうへ飛んで行った。その片すみのぺちゃんこになったたいすの上に、子供や夫の肌着を夜中に洗たくするために用意された、大きなたらいがすえてあった。カチェリーナはこうした夜中の洗たくを、少なくとも週に二度、

時にはそれ以上自分の手でするのであった。家の者の肌着がひとりに一枚ずつしかなく、着がえすらもないほどの落ちぶれかたではあったが、彼女は不潔なことが大きらいなので、家の中によごれ物をほうっておくよりは、力にあまるむりな仕事でわが身を苦しめても、夜みんなが寝ている間に洗たくして、それを張り渡したつなにかけて、朝までに干しあげ、皆にさっぱりしたものを着せようとするからであった。

（米川正夫訳『ドストエーフスキイ全集6　罪と罰』河出書房／傍線―引用者）

右の作品は、一八六〇年代半ばのロシアの都ペテルブルグを舞台にしているが、カチェリーナがペテルブルグの安アパートで真夜中に洗濯していた下着の形状は、いかなるものであったのか。

女ものは、裾の長いズロース（後ろに切れ目があるタイプと無いタイプ）、胴着（これは、現在のブラジャーとは似ても似つかない代物で、袖無しのブラウスのような形状のもので、裾はコルセットを覆い隠すほどの長さ）、ペチコート、シュミーズ（袖無しの長いドレス状のもの）、コルセット（アンダーバスト、ウエスト、ヒップにかけて締め付ける筒状の矯正下着で靴下止めを兼ねる場合もある）、靴下止め、靴下。以上は、ユリヤ・デミデンコ著『ソビエト連邦下着史短期講座』（二〇〇〇年刊）を参照して記しているが、この下着一式、かなり品目が多く着用も煩雑で、たとえばコルセットは家人や召使いの助力無しに着用できない。しかし、ひとたび定着した下着は一九世紀と二〇世紀の狭間までさしたる変化をきたさなかったようだ。一九世紀末から二〇世紀初頭にかけての欧米諸国は、社会の工業化にともない農村人口が急速に都市部に流入し工場労働者となっていくなかで、激変する生活様式に応じて、衣服のファッションもより活動的な生活にふさわしく形態変化し、下着の簡素化が進む。

コルセットやペチコートなど面倒な下着を着用しない女性が増え、ズロースもどんどん短くなっていった。資本主義経済の発達にともない、下着もまた消費物資となり、消費サイクルを早めるために、めまぐるしいモデルチェンジが行われる必要性から、ファッションの寿命も短くなる。

一九五〇年代にはブラジャーが胴着を駆逐し、一九六〇年代には、ミニスカートの流行とともにズロースに代わってパンティが下ばきの主役となる。と同時に今までは毛糸で編んだ子供用のタイツや舞踊家用のタイツとしてのみ存在した下ばき＋靴下がパンティ・ストッキングとして、靴下の主要な存在形態になっていった。

このようなトレンドは、欧米型近代化の波とともに、世界各地を覆っていった。しかし、ソビエト連邦内では、少々異なった。

その背景には、もちろんイデオロギーもあっただろう。たとえば、一九二三年に構成主義アートの旗手Y・トゥゲンドホリドは、次のように高らかにうたっている。

シンプルで衛生的で合目的的で、勤労生活様式にふさわしいものであること。と同時に、新鮮で鮮やかな装飾性、これこそが人間の外見を良好にするためのわれわれソビエトの基本的なスローガンである。これこそがわれわれを、巨大な技術的進歩にもかかわらずブルジョア文化によって生み出される不健全なファッションを貪る他のヨーロッパ地域と隔絶させるものである。（『生活の中の芸術』）

それからちょうど四〇年後の一九六三年に、ほぼ同じようなことを別なアーチストが述べている。

われわれの衣服は、独自のソビエト・スタイルともいうべきものを持たねばならない。それはまず常にナチュラルでシンプルで実用的であるという性質によって特徴付けられる。（L・K・エフレモフ『ソビエト人の外見　芸術と生活　図鑑』）

では、その通りに下着が簡素化していったかというと、そう単純ではない。まず、日露戦争、一九〇五年の第一次ロシア革命、第一次大戦、一七年の二月革命、十月社会主義革命、諸外国からの干渉戦と内戦、という具合に戦争と革命と内戦が交互に続く一九〇四年から一九二三年までの二〇年のあいだに、産業も商業も荒廃し、その回復もままならない中で極端な物不足ゆえに人々は、下着の簡素化をはからざるを得なくなったという側面がある。ちょうど六〇年前にドストエフスキーが下着の替えがないという形で極貧状態を表現したが、まさにそれと同じ状況が、ロシアの広範な人々を襲ったのである。

その様子をアントン・マカレンコが書いている。マカレンコは、革命と内戦を経て生じた大量の浮浪児や非行少年、孤児たちを集めて、労働コロニーを作り、少年たちの再教育にのり出し、ソビエト社会にふさわしい市民の育成に成功したと言われる教育者である。集団主義教育の提唱者であるマカレンコは、作家でもあり、一九二〇年代に取り組んだ子供たちとの格闘の経験を長編小説『教育詩』(後に『人生案内』というタイトルで映画化)に著している。

コロニーではいかなる節約も必要なかった。わたしたちは信じられないほど貧しかったのだ。職員が入居したいくつかのフラットをのぞいて、コロニーの敷地内にあった建物のうち、わたしたちが修理しおおせたのは、たった一つの巨大な寝室だった……（中略）寝台用のリネンの替えは一回半分しかなく、下着にいたっては、全く替えがなかった。（アントン・マカレンコ『教育詩』／傍線―引用者）

未来派や構成主義アートを信奉する芸術家たちが、ロドチェンコやバクストやポアレが、革命前夜のロシアにおいていかに衣服の、ひいては下着の簡素化を啓蒙しようとも、舞踊家イサドラ・ダンカンが肉体の呪縛からの解放をいかに奔放に表現しようとも、女性たちはコルセットを手放そうとしなかったのに、革命という激動による社会全体の貧困化のために、コルセットを諦めざるを得なくなった。また女性の下着の過度な装飾も、この時期姿を消した。喰うことを最優先せざるを得ない都会の住民たちは、差し当たって生活に不用なもの、次に人目に触れないものを諦めていく。それはまず華美な下着類だった。農村の女たちは華麗なレースや刺繡の施された繊細な下着を喜んでジャガイモや卵や肉と交換してくれた。それをブラウスに作り直すものもいた。しかし、コルセットはもともと着用習慣のない農村の女たちにとって必要性を感じさせないものだった。

この経済的社会的要因と、革命詩人マヤコフスキーがうたいあげた、「筋肉のブロンズと皮膚の瑞々しさに優る衣服は無し」という美意識が微妙にマッチするのである。一九二〇年代の衛生観念は「太陽と水と空気」崇拝に集約され、肉体美が礼賛され体育＝肉体文化《フィスクリトウーラ》が奨励される。夏になると老若男女がランニングシャツとパンツ姿で街を闊歩し、屋外スポーツやマスゲームがさかんに行われていたらしいことは、当時の記録映画や写真集などで一目瞭然だ。

女性のズロースがパンツに駆逐されるプロセスも、男性用パンツが普及していくプロセスも、ソ連の場合、体育用パンツが下着に横滑りしていく形で起こる。ランニングシャツも同様に体育着として普及した上で下着化するという経過をたどる。

繊細なレースの肌着やペチコートとともに隠微な手続きをともなうエロチックな関係は色褪せて見え、男ものと変わらぬ単純明快なユニセックスな下着とともに、「性欲＝一杯の水」論（前章で紹介したコロンタイ女史の小説『働き蜂の恋』で打ち出された身も蓋もない性愛論。セックスは喉の渇きを癒す一杯の水のようなものであるから、その場限りで一向に構わないという恋愛、結婚に対する幻想をうち砕く説）が幅を利かせ、離婚の自由化や婚姻手続きの簡素化が進行する。

「身体の記憶――ソビエト時代の下着」展（2000年、モスクワ）のカタログより。

この総貧困化&総簡素化&画一化が最も極端な形で現れるのが、軍隊である。男性用パンツの普及に軍隊も一役買った。

入隊した日に制服一式とともにパンツが支給された。当然ながらチビで痩せっぽちだった僕のサイズは考慮されておらず、というか軍隊ではパンツのサイズは一つしかない。だからはいた途端にストンと床に滑り落ちた。仕方ないので仲間に頼んで腰骨のところで引っかかるように縫い込んでもらった。ところがすぐに、支給されたパンツは僕の私物なんかでは無いことを思い知った。軍隊ではどんなパンツも共用なのだ。

（「身体の記憶――ソビエト時代の下着」展カタログ）

スターリンのラーゲリもまた同様な役割を果たす。八年間の労働矯正収容所（ラーゲリ）での刑を終え、僻地へ追放の身となったソルジェニーツィンの主人公オレークは、腫瘍に罹り都市の病院に入院する。スターリンが死に、フルシチョフによる雪解けが開始する時期のこと。退院後追放の地へ引き揚げる直前に百貨店に立ち寄る。

ルバシカをあれこれ選んでいたとき、立派なコートを着た一人の男が、化繊ではなく正絹のルバシカに近寄って来て、丁寧な口調で売子に尋ねた。「あの、この五十番のルバシカですが、カラーのサイズが三十七のはありますか」

オレークはぎょっとした！　まるで鑢《やすり》で脇腹を擦《こす》られたようだった！　乱暴なしぐさで振り向いて、その男を眺めた。（中略）

なんだって？　大勢の人間が塹壕の中で死に、同胞墓地や、極地のツンドラに掘った小穴の中へ投げこまれ、あるいは二度にも三度にもわたって収容所《ラーゲリ》へ送りこまれ、中継監獄で寒さに震え、鶴嘴を担いで疲労困憊し、継ぎをあてた綿入れ一枚で寒気を凌いでいたというのに、この潔癖な男ときたら、自分のルバシカのサイズのみならず、カラーのサイズまで覚えているのか?!

このカラーのサイズがオレークを打ちのめしたのである！　カラーにまでいろんなサイズがあろうとは夢にも思わなかった！　傷ついた呻き声を発しながら、オレークはルバシカ売場から離れて行った。カラーのサイズか！　なんのためにそんな繊細な生活を送らなければならないのか。なぜそんな生活に復帰しなければならないのだ。カラーのサイズを覚えるということは、すなわち、ほかの何かを忘れるということではないか！　もっと大切な何かを！

（小笠原豊樹訳『ガン病棟』新潮社）

しかし皮肉なことに、社会主義社会の過度な物不足ゆえに、一方で旧態依然とした形状の下着は、まさにソ連邦でこそ延命するのである。体育の奨励と軍隊によって広められたパンツは、しばらくすると物不足と習慣によって省略されがちになる。それに、古風な男たちはルバシカの裾で股を覆い続けたのだ。これには、さらに資本主義社会のような絶え間ない消費サイクルの欠如と、下着の生産が工業化されていなかったため手作りだったという事情が重なっている。

一九五〇年代までは、ソ連の片田舎で、革命前から生きながらえた年輩の女性たちが、革命前に製造された下着一式を備えている場合が少なくなかったと、ユリヤ・デミデンコが先に挙げた著書で指摘している。嫁入りの際に持参金ならぬ嫁入り道具として下着一式を用意することが当たり前だったからだという。下着一式は一生もので、何度も何度も洗濯して着用するものだった。だからこそ一九世紀半ばの下着の形状を伝える証拠品ともなり得たわけだ。

男ものは、皮肉なことに、革命のさなか、まさに革命軍によって革命以前の伝統的な下着が継承された、と同じくユリヤ・デミデンコが同書で指摘している。物不足ゆえに革命前に製造された下着を着続けるしかなかったからということもあるが、革命兵士が反革命の将校たちから没収した下着をそのまま身につけた結果でもある、という。

将校用に縫製された絹の股引は、野戦という環境では蚤、虱、南京虫から皮膚を守る最良の防具となったので、革命派の兵士たちに殊のほか好まれた。第一次大戦中にペトログラードと改名されたペテルブルグのY・ゴトリブ商会で販売されていた高級下着を手に入れた可能性もある。繭紬《けんちゅう》や絹の布で縫製された下着で、スエードでできた股引やシャツ（袖の部分だけ絹製）もある。また騎馬将校用には、ニットの、内側に縫い目の無い股引が作製されていたが、これはそのまま革命軍にも受け継がれ、赤軍騎馬軍団の一部では、この古風な股引が配給されていた。

（ユリヤ・デミデンコ『ソビエト連邦下着史短期講座』）

9章　羞恥心の迷宮

一九六四年の暮れ、東京オリンピック直後の日本に帰ってきた。五年ぶりの日本の風景は九歳のときに記憶の引き出しに仕舞い込んで何度も取り出して眺めては望郷を掻き立てられた映像とは似ても似つかなくて面食らった。道路も家屋もチマチマと小さくみすぼらしく、ドブ板や電信柱が醜悪だった。

でも何よりも戸惑ったのは、羞恥心の規準が異なること。なぜ恥じるのか理解しかねることを恥ずかしがって赤面したり隠したりするくせに、見ているこちらが恥ずかしくなることを堂々とする。

たとえば、女の人が笑うときに歯が見えるのを恥じて手で口元を隠す。それがとても奇異に映った。プラハ時代に通ったソビエト学校は常時五〇カ国以上の子供たちが学んでいたが、笑うときに口元を隠すなんて、男の子はおろか女の子も皆無だった。「人前で歯を見せるのははしたない、ましてや歯茎は」という美意識が意識しないほど自然に日本の女性たちの立居振る舞いを律している。そう理解はしたものの、未だにわたし自身はそう振る舞えずにいる。戦争中日本に潜入したスパイだったらたちまち見破られて捕まっていたことだろう。

その後、国際会議の通訳という仕事柄ずいぶんいろんな国の人々を直に観察する機会に恵まれたが、笑うときに口元を隠す習慣を持つ非日本人に会った例《ためし》がない。

二歳年下の妹も、よほど気になっていたみたいだ。帰国後一〇年以上も経ってから関西に三年ほど暮らした上で、ある日突然、「あれは、どうやら東日本の風習みたいだ」と報告してきた。西日本の女は、笑うときに歯を隠すような気味悪いことをしないので、ちょっとホッとした、というのだ。

友だちになると一緒にトイレに付き添ってあげるという風習にもかなり衝撃を受けた。一人だと、用足しに行ったことがモロバレてしまうが、複数だと、誰が用足しで、誰が付き添いだったかを周囲に悟られないためなのだろう。不思議なのは、わざわざトイレまで付き添わせる同性に、用を足している際の音を聞かれるのを極端に恥ずかしがって、個室に入っている間中水を流し続けることだ。この迷宮のように入り組んだ日本女性の羞恥心には、驚きを通り越して感激した。この傾向はその後さらに強まり広まって、今では節水のために疑似流水音だけ聞かせる装置が商品化されている。

絶対に輸出品目にはなり得ないだろうが。

修学旅行で行った温泉や大浴場の更衣室で、クラスメイトたちが平気で人前で下着を剝ぎ取り素っ裸になるのにも度肝を抜かれた。わたしは恥ずかしくてさんざん躊躇《ためら》って皆に笑われた。なのに素っ裸になると彼女たちは一様に手ぬぐいで前を隠す。何を今さら。完全に隠れるわけではないのに。またまた日本女性の羞恥心の迷宮だ。ちょうど笑うときに口元を隠すのと同じ。銭湯や温泉で今も日本の女たちは、素っ裸になった上で同性の目からわざわざタオルで前を隠す。こういう感覚はその文化の中に浸っていると集団催眠のように風景の一部になってしまって気がつきにくいが、外国人の女友だちを連れていくと一目瞭然である。

見られることそれ自体が恥ずかしいというよりも、むしろ恥じていないこと、言い換えれば、これを恥として自覚する文化教養を身に付けていないことが恥ずかしいのである。一種のコケットリーではないか。本当に恥ずかしいのならば、パンツをはいたまま、あるいは昔の女たちのように湯衣を着て入浴すればいいのだから。

ところで、今では各家庭に内風呂が普及して、帰国直後のわたしのように、人前で着衣を脱いで素っ裸になることに羞恥心を示す子どもも増えたらしい。ことほどさように、同時代でも地域が異なるだけで、ある事柄が羞恥心の対象になったりならなかったりするだけでなく、極めて短期間にある事柄に対する羞恥心が身に付いたり失われたりする。わたしのごく狭い個人的体験を見渡してもそうなのだ。少し時間幅と空間の奥行きを拡げるだけで、ドラマチックな激変に目を見張る。

たとえば、明治三八年生まれの円地文子は、「江戸文学を中心とした文化圏」に関する周辺事情を物語るエッセイの中で、自分の父方の祖母から聞かされた話を紹介している。この祖母は、「江戸旗本の分れで、紀州藩士の株を買った家に生れ、漢籍などもかなり読んでい」た人で、円地の「もの心つかないころから、彼女の青春時代をその中で過した江戸末期の文学や演劇、音曲、または庶民の耳に入った時代的なトピック、例えば桜田門外の変とか大名藩士の帰国（お国行き）とか、鳥羽伏見の戦とかあるいは安政の大地震とか黒船の来航とか実にさまざまなことを話してくれ」たということだ。このエッセイのなかで、江戸時代の日本人のずいぶんショッキングな生態を紹介している。

> ……祖母にきいた話ですが、がえんと称する最下級の鳶の者は白昼、往来を歩くにも、褌ひとつしない真っ裸だったそうです。赤坂見附や市ケ谷見附のように現在まで地名として残っている見附は当時の市民の治安と共に風儀の取締りをし

た所だそうで、見附を通行するには裸体では許されないことになっていたのですが、がえんは素っ裸のままで見附の傍まで来ると、手拭いをぽんと肩にかけそれで着衣したことになって平気で通れたそうです。素っ裸の乱暴者が昼さえ横行している道を、夜の暗さのなかで若い女など歩いて行ける筈はなかったでしょう。

(『江戸文学問わず語り』ちくま文庫/傍線—引用者)

右は、円地が一九七〇年代に記した文章で、あくまでも幼年時代に祖母から聞かされた話を思い出しながら綴っているのと、他の同時代人の証言を確認できていないのでにわかに信じがたい事なのだが、一方で「見附」を通過する際の話など、妙にリアリティーがあって絵が浮かぶ。信憑性がある。

生まれたままの姿で、褌さえも着けずに白昼堂々往来を歩く当の男たちには羞恥心のかけらも無さそうである。一方で当局が、裸体を晒すことを一応好ましくない事柄として形ばかりの取り締まりをしていることからして、当時の堅気の人々の美意識にははしたないものとして映っていたのだろうか。ただ、円地が、だから若い女の夜歩きはあり得なかったと結論しているところなど、これを書いた昭和末期の時点での円地の推測なのか、円地の祖母がこれを語り聞かせた時点の見方なのか、江戸末期当時の日本人の一般的感覚なのかは、この文章だけでは判然としない。
それにしても、「最下級の鳶の者」のような、身分の低い者だけに許された事柄だったのだろうか、と思っていたら、同時代のもう少し身分の高かった人々の似通った生態を伝える文章が見つかった。福沢諭吉が、幕末の一八五七年頃、大阪の緒方洪庵の「緒方塾」に他の下級武士たちと雑居していた頃を回想しているくだりだ。

……それから大阪は暖《あった》かい所だから冬は難渋なことはないが、夏は真実《しんじつ》の裸体《はだか》、褌《ふんどし》も襦袢《じゅばん》も何もない真裸体《まっぱだか》。勿論《もちろん》飯を食う時と会読をする時には、おのずから遠慮するから何か一枚ちょいと引っ掛ける、中にも絽《ろ》の羽織を真裸体の上に着てる者が多い。これは余程《よほど》おかしな風で、今の人が見たらさぞ笑うだろう。
（『福翁自伝』岩波文庫／傍線―引用者）

ただし、真っ裸で往来を歩いたわけではなく、屋内で仲間内で過ごす時に許容されていた格好であったことが分かる。また、飲食と会読の際には、「一枚ちょいと引っ掛ける」ようだから、真っ裸ははしたないという自覚はあったようだ。また、自伝が記された明治三一年になると、そんな生態が滑稽で奇異に感じられるようになっていたことも分かる。さらに、羞恥心のあり様について伝える興味深い記述があった。

裸体《はだか》のことについて奇談がある。ある夏の夕方、私共五、六名の中に飲む酒が出来た。すると一人の思い付きに、この酒をあの高い物干《ものほし》の上で飲みたいと言うに、全会一致で、サア屋根づたいに持ち出そうとしたところが、物干の上に下婢《ゲジョ》が三、四人涼んでいる。これは困った、今あそこで飲むと彼奴《きゃっ》らが奥に行って何か饒舌《シャベ》るに違いない、邪魔な奴じゃなと言う中に、長州生に松岡勇記という男がある。至極元気の宜《い》い活発な男で、この松岡の言うに、僕が見事にあの女共《おんなども》を物干から逐《お》い払ってみせようと言いながら、真裸体《まっぱだか》で一人ツカ〳〵と物干に出て行き「お松どんお竹どん、暑いじゃないか」と言葉を掛けて、そのまま仰向《あおむ》きに大の字なりに成《な》って倒れた。この風体《ふうてい》を見ては、さすがの下婢《ゲジョ》もそこにいることが出来ぬ。気の毒そうな顔をして、みな下りてしまった。

（同前掲書／傍線―引用者）

円地の回想と同じく、裸体に羞恥心を感じるのは、裸体を晒している男の側にではなく、それを見せつけられる女の側にあることが分かる。ところが、同じように裸体を女の目に晒す場面で男の側に羞恥心が生まれる場面が、右の文章に続けて記されている。

またあるときこれは私の大失策――ある夜私が二階に寝ていたら、下から女の声で「福沢さん〳〵」と呼ぶ。私は夕方酒を飲んで今寝たばかり。うるさい下女だ、今ごろ何の用があるかと思うけれども、呼べば起きねばならぬ。それから真《まっ》裸体《ぱだか》で飛び起きて、階子段《はしごだん》を飛び下りて、「何の用だ」とふんばたかったところが、案に相違、下女ではあらで奥さんだ。どうにもこうにも逃げようにも逃げられず、真裸体で坐《すわ》ってお辞儀も出来ず、進退窮して実に身の置所《おきどころ》がない。奥さんも気の毒だと思われたのか、物をも言わず奥の方に引っ込んでしまった。翌朝《よくあさ》お詫びに出て、昨夜は誠に失礼仕《つかまつ》りましたと陳《の》べる訳《わ》けにも行かず、到頭末代《まつだい》御挨拶なしに済んでしまったことがある。こればかりは生涯忘れることが出来ぬ。先年も大阪に行って緒方の家を尋ねて、この階子段の下だったと四十年前のことを思い出して、独《ひと》り心の中で赤面しました。（同前掲書／傍線―引用者）

どうだろう、四〇年後にも思い出しては赤面するというこの福沢の恥じ入り様は。

女が師の奥方である場合と下女である場合とで男の羞恥心がオール・オア・ナッシングになってしまう不思議。ソビエトの作家A・ファヂェーエフの『若き親衛隊』の一シーンを思い出してしまった。

ドイツ占領下のドン河畔は炭坑町のクラスノドンで地下レジスタンスを展開し最後は逮捕され拷問の末処刑された若者たちの群像を実話をもとに書いた長編小説で、ドイツ軍が町を撤退した直後の一九四三年に取材し四五年に発表されている。

占領下、住人たちは家屋の一部をドイツ軍将兵に強制的に提供させられている。主人公オレグの自宅でも将軍と副官が一番良い部屋を占領している。ある日外出先から帰宅すると、兄嫁マリーナが血相を変えて家から飛び出して来て納屋に籠もり半狂乱になって泣きわめく。「たとえ殺されてももう家には戻らない」というのだ。

副官は上司の将軍が居ぬ間に冷水摩擦をしようと思い立ち部屋にタライとバケツ一杯の水を持ってくるようマリーナに命じた。マリーナがタライとバケツを手にして食堂の扉を開けたとき、副官は素っ裸で突っ立っていた。瘦せっぽちで真っ白で、「気味悪いほどひょろ長くて」と泣きじゃくりながらマリーナは話した。

副官は扉から一番離れた隅のソファーの傍に突っ立っていたので、マリーナは最

初気づかなかった。それが、マリーナの目と鼻の先にヌッと立ちはだかったのだった。（中略）

「泣くことないじゃないか」オレグはマリーナを必死になって慰める。「奴は単に身体を洗いたかっただけさ。義姉さんの前で裸のままだったのは、恥ずかしいなんて微塵も思ってないからだよ。奴らにとって俺たちは野獣以下なんだ。せめてSS隊員の将兵みたいに俺たちの面前で糞尿を垂れないだけでも感謝しなくちゃ」

（『若き親衛隊』一九六三年刊／傍線—引用者）

占領下に置かれた人間の屈辱と悲しみを物語る鮮やかな場面だ。

こういう立場に立たされた女性の感情に対する想像力を、たとえ当時の知性を代表する人であれ明治の男に期待するのは、無い物ねだりなのかもしれないが、福沢らに「下婢《ゲジョ》」と十把一絡げにされたうら若い女たちが、どう事態を受け止めたのか、知りたいと思う。

10章　羞恥心の誕生

先に、ここで書いたことについて、さっそくいくつかのお便りをいただいた。お便りは二つのテーマに分類される。一つ目は、中学二年の三学期にヨーロッパより帰国したわたしが、「修学旅行で行った温泉や大浴場の更衣室で、クラスメイトたちが平気で人前で下着を剝ぎ取り素っ裸になるのにも度肝を抜かれた。わたしは恥ずかしくてさんざん躊躇《ためら》って皆に笑われた」と記したことに関してである。大阪に在住のG・Mさんという、英語の通訳ガイドをしておられる方から、次のような貴重な情報を提供していただいた。

欧米からいらしたお客様方を温泉にお連れすると、ご婦人方の場合は、十人中八、九人の割合で、水着姿で浴場にお見えになる方がいらっしゃいます。わたしも駆け出しの頃は、毎回いちいち、「ここは、プールとは違うのだ、全部脱いでも構わないのだ」と力説したものです。ところが、彼女たちは、「それは、他の日本人を見れば分かる。しかし、自分たちは恥ずかしくてとても局部を人目にさらすことは出来ない」と言い張るのです。今では、それを彼等の風習としてわたしも受け容れるようになり、旅館や日本人のお客様方にあらかじめ説明するようにしております。男性の同僚に確かめましたところ、殿方の場合も十人中五、六人の割合で、海水パンツを着用の者がいるということです。ただし、女性と違って、注意するとあっさりと脱ぐらしいのですが。（傍線―引用者）

これを読んで、チェコに滞在中、カルロヴィヴァリという名のヨーロッパ有数の温泉地を何度か訪れたときのことを思い出した。そこの保養客にとって、温泉というよりも鉱泉は、まず何よりも、飲むものであり、町のあちこちに、取っ手が同時に吸い込み口にもなっているジョッキを売っていた。そして、カフェでくつろぎながら、街中を散策しながら、人々はそのジョッキの取っ手の先に口を当てて鉱泉を吸っていた。カルロヴィヴァリのサナトリウムを紹介するパンフレットに、男女とも水着姿で温泉プールに浸かっているのを見たときには、最初、これは、万人の目に触れる刊行物であるために、わざわざ水着を身につけたのだろうと思ったのだが、現場へ行ってみると、人々はパンフレット通りに振る舞っていた。
この件に関しては、もう一つ、関西の某市で市職員をしているT・Sさんからもメールをいただいた。

市役所には採用に際して姉妹都市職員枠というのがあります。その枠でロシア極東の某市からやって来ている女性職員のIさんは、今年でもう日本滞在三年目になりますが、研修や慰労旅行で宿屋に宿泊し、温泉や共同浴場を使うときには、今も水着をしっかり着けたまま湯船に浸かります。（傍線―引用者）

ところが、同じ欧米人が、日本の温泉に入るときは水着を着けているのに、サウナには素っ裸で入ってきて、そこにいる日本人一同が腰にタオルを巻いているために面食らって恥じ入ることはよくある、と先のガイドのG・Mさんも言う。つまり、同性に裸体を晒すことを恥じるというよりも、晒してもいい場面と晒してはならない場面についての習慣の相違なのではないか、と思われるのだ。たとえば、ペレストロイカ時代に旧ソ連で流行ったこんな小咄。

ソ連共産党政治局の面々がサウナを楽しんでいると、そこへ遅れてゴルバチョフが入ってきたので、一同慌てて前を隠した。「そんなことしなくても大丈夫、ライサは同行していないから」とゴルバチョフは窘《たしな》めた。

あるいは、ビスコンティ監督の映画『イノセント』にも、主人公が妻の浮気相手のイチモツをそれとなく確かめる場面がある。フェンシングの後、シャワーを浴びる前後の更衣室でのこと。とりとめもない会話を交わしながら、チラチラと相手のそれをチェックしている。残念ながら、映像のその部分はモザイクが施してあったが。

従って、欧米人が己の裸体を同性にすら晒すことを恥じる気持ちは、少なくとも、文化を異にする人々、不特定多数の人々や、生活を共にしていない人々に対してのものである。寮や病院のような長期にわたって共同生活をする場においては羞恥心はかなり減退する例をわたし自身が何度も見聞している。

一〇歳の頃、盲腸に罹ってプラハの病院の大部屋に入院しているときに、同室の女性患者たちが、コップ一杯の水で身体を清める一部始終を目にする機会があった。真っ裸になって濡らしたタオルで全身を湿らせ、次に石鹼を塗り込んだタオルで全身を擦り、最後に濡れたタオルで全身を拭くというみごとに手慣れたものであった。

両親が長期出張で不在のあいだプラハ・ソビエト学校付属の寮に入れられたことがあったが、そこでは二日に一度シャワーを浴びる日があり、無数のシャワーヘッドが付いたパイプが天井に碁盤の目のように張り巡らされた、八畳ほどのシャワー室に入る前に、すべての着衣を剥ぎ取って棚に置いておくのが決まりだった。

極限状況における例になるが、ナチスの強制収容所で、ガス室で窒息死させられた囚人たちは、久しぶりにシャワーを浴びることができると、騙されて着衣をすべて脱いだと言われている。

現在神戸市灘区にお住まいの女性、M・Hさんからは、円地文子が幼年時代にその祖母から伝えられた見聞として、『江戸文学問わず語り』(ちくま文庫)より引用した江戸末期の日本で素っ裸で街中を歩く男たちがいた話に関してお手紙をいただいた。

米原さんは、円地文子『江戸文学問わず語り』のあのくだりを「円地が一九七〇年代に記した文章で、あくまでも幼年時代に祖母から聞かされた話を思い出しながら綴っているのと、他の同時代人の証言を確認できていないのでにわかに信じがたい事」と書いておられますが、わたくしは、あの部分を気にもとめないほど、とてもすんなりと受け容れたのでございます。米原さんの反応の方がむしろ珍しく思えて、今一度あのくだりを読み返したほどでございます。それで、面白くなりまして、娘や孫にも読ませたところ、米原さんとほぼ変わらぬ感想を持ったようで、彼等の目には逆にわたしの反応の方が奇異に映ったようでございます。時代の流れの速さに驚かされた次第でございます。ではなぜ、自分が円地の話を当然の事として受け容れたのかを考えまして、半世紀以上も前の光景をまざまざと思い出したのでございます。

わたしは鹿児島県の農村地帯で生まれ育ったのですが、敗戦時小学校にあがったばかりでございました。その頃の村で下ばきといえば、女たちは一人残らず腰巻きでしたし、男たちはフンドシでございました。畑仕事などで身体を激しく動かす必要があるときは、男も女も衣服の裾を折り返して帯などにはさむ、要するに「はしょって」フンドシも腰巻きも丸出しで働いておりました。そして男たちは、さらに興が乗ると、フンドシも邪魔になり、サッサと脱ぎ捨てて、ぶら下がりものも丸出しのまま仕事に精出しておりましたのです。そんな光景は、決して特別なものではなく、家の中はもちろんのこと、外を歩いていれば、いつでも目に飛び込んでくる日常茶飯でございました。ですから、見る方も見せる方も羞恥心は無かったのではないかと思われてなりません。

ちなみに、女たちも子どもに乳を含ませるときには、何の躊躇いもなく人前で乳房をさらしておりました(これは、その後、上の学校に上がるために都会に出てきてからも、街中でしばしば見かける光景でございましたが)。

特別に意識もしていなかった光景を、こうして鮮やかに思い起こせるのも、当時、進駐軍がやって来るというので、村中に何度も注意書きが出回ったからではないかと、今にして思うのでございます。アメリカには、下半身や乳房を人前で丸出しにする風習はなく、それを目にしたら気味悪がるだろうから、厳重に慎むように、という風な内容でございました。村役場の方とか、婦人会の方とかが、そういう場面に出くわして、あわてて注意をしているところもしばしば見かけたものでございます。

それで人々は、決して恥ずかしいからではなく、あくまでもガイジンさんに失礼だから、申し訳ないから、という気持ちから尻を丸出しにしないよう心したのでございます。「恥ずかしい」という気持ちは、ずっと後からやって来た、そんな気がしてならないのでございます。(傍線—引用者)

羞恥心の発生に関するこの観察は、興味深い。時系列的にたどると、①恥じるどころか、ほとんど意識していない↓②外国人の受け止め方は違うことを知る↓③外国人の立場を思いやる↓④隠す↓⑤恥じるということになり、恥ずかしいから隠すのではなく、隠すことによって、いつのまにか、恥じらいが生まれているのである。

したがって、外国人の目がより多かった都会よりも、地方の方が、己の裸体に対する羞恥心が芽生えるのは遅かったのであろう。

一九四六年長野県生まれの建築家の藤森照信もまた、ほぼ同じような観察を披露している。

> 昭和二十年代の田舎では、おばあさんが、田んぼのあぜ道の上で、公然と着物の裾をたくし上げて、後ろ向きに立ち小便する姿を見かけることができた。それは田舎の未開な習慣と思って、安心してはいけない。イギリスだかの由緒ある全寮制の女子校では、今でも昔ながらの小の伝統が堅持されているという。
>
> （『天下無双の建築学入門』ちくま新書／傍線―引用者）

ここでいう「小の伝統」というのは、オシッコを人前で堂々とやる習慣を指している。これは、「アサガオ復活への主張〈便所〉」と題した文章で、人間にはもともと小

（オシッコ）は公然、大（ウンコ）は非公然とする伝統が、元をたどると人類発祥の頃から連綿と続いている、という話の傍証として出てきている。

おそらく、元の元までたどれば、猿が樹から下りて、サバンナで二本足歩行を始めたときだろう。まだサバンナきっての弱虫にすぎなかったご先祖様たちは、いつもビクビクと周囲に気を配って暮らしていた。立ったまま可能な小は、あたりを見回すこともできるし、姿勢も緊急事態への即応性に富んでいる。ところが、大はそうはいかない。しゃがむしかないから、草原でしゃがむと、自分はあたりを見回すことができなくなるのに、小柄でおとなしい弱虫猿をねらう肉食動物の方からは何をしてるか丸見え。二本足の猿は、立ち上がることで嗅覚を捨て視覚の動物に育ったが、四本足の連中はあいかわらず鼻で見ているのだ。お尻隠してニオイ隠さず。「花を摘んでます」ではすまないのだ。（中略）

——こういう気持ちが、やがて大の非公然性を生み出したのではあるまいか。

小と大は、本来このように区別されてしかるべきなのだ。そして、長いこと、正しくも区別されてきた。（中略）

小便器にはアサガオなる『源氏物語』のように優美な名があるのに、肝心の大便器はキンカクシなどという命名の由来を説明するのも恥ずかしい露骨な名が付けられているのはなぜか、という読者の年来の疑問も小は公然、大は非公然の原則が長いこと家庭の中で守られてきたことを知るなら、自ずと氷解するだろう。(中略)

ところが、戦後になって、この長い長い伝統が、崩れてしまった。(中略)優美なるアサガオはもう咲いていない家が大半ではあるまいか。(前掲書)

滅び行く側の悲哀と焦燥が漂うアジテータ風の文章であるが、長々と引用したのは、大小分離式を熱烈に説く藤森の情熱にほだされてという面もあるが、ここにも羞恥心の発生経路に関するヒントが隠されているからだ。藤森の論理に従うならば、樹から下りた猿は、恥じらいゆえに大便中の姿を隠そうとしたのではなく、恐怖心から、つまり身を守るための必然性からそうするようになったのである。隠すことが先にあり、恥じらいは、まさに後から付いてきたのである。

二章　なんとも物珍しく面白い光景

一八七七年（明治一〇）六月二一日　東京

今日は東京大学をのぞいたあと、ウィルソン教授につれられて相撲《すもう》見物に行った。周囲の光景からして私には十分に面白かった。小さな茶屋、高さ一〇フィートの青銅の神様たち、そしていつもの日本人の群衆。われわれは切符を買った。七×二・五インチ、厚さ半インチの木片で、漢字がたくさん印刷してあった。興行場は四方に棒を立てて垂木《たるき》を渡し、その上に筵《むしろ》をかぶせて天井にしたもので、壁も筵でできていた。粗末な二列の桟敷《さじき》がぐるりと取り囲み、中央に柱が四本立っていて、その場所が一段高くなっており、直径二〇フィートほどの円が描かれている。その上には赤い布の天蓋がのっていた。四隅に一人ずつすわっている老人が審判らしく、また厳格な顔つきをした、派手な着物を着た一人の男がアンパイアの役をする。

巨大な、よく肥えた相撲取りがあらわれ、円のなかで両脚をふんばり、片方ずつ足を上げ下ろしし、力いっぱい顔をひっぱたく。それから用意ができると顔をつきあわせて数分間うずくまり、相手を見つめてたがいの筋肉を検査する。彼らは素裸で褌《ふんどし》をしているだけである。なんとも物珍しく面白い光景であった。さて、いよいよ準備ができると両者は両手を地面につけ、そこで突然飛びかかる。戦いはあっというまに終わることもあれば、活発でものすごい力を見せつけることもある。単に円から押し出されることもあれば、恐ろしい勢いで放り投げられることもある。一人の力士は投げ飛ばされて頭と肩から地面に落ちた。立ち上がったのを見たら、すりむけてそこから血が流れていた。

客席は枘穴《ほぞあな》のある横木で六フィート四方くらいに仕切られたボックスになっている。そのボックスのなかは各自が自由に使えるものだから、筆記具を持ってきて勝負の結果を書きとめる人もいれば、炭火の入った道具と小さな急須を持ちこんで、ときおり茶をいれて飲んでいる人もいた。

（『モースの見た日本　モース・コレクション／日本民具編』小学館／傍線―引用者）

右は、大森貝塚を発見し、日本考古学、人類学の基礎を築いたことで有名なエドワード・シルベスター・モース（一八三八～一九二五）が三度にわたって日本に滞在した明治一〇年六月～一一月、明治一一年四月～一二年九月、明治一五年六月～一六年二月の見聞を記した日記“Japan Day by Day”（石川欣一による邦訳『日本その日その日』あり）からの抜粋である。その後、東京帝国大学の動物学教授として日本人学者の養成にあたり、ダーウィンの進化論を初めて紹介したことでも知られるモースは、日本の大地を踏みしめたとたんに、たちまち日本の風物、そして何よりも日本人に魅せられる。

同じ日記のなかで、「人々が正直である国にいることは気持がよい」と記すモースは、「私は錠をかけぬ部屋の机の上に小銭を置きっ放しにするが、日本人の子供や召使いは一日に何度も出入りするのに触れてはならぬものにはけっして手をつけない」と、盗みのないことに感心し、「日本人が正直であることの最大の証拠は、三〇〇〇万人の国民の家に錠も鍵もかんぬきも、錠をかける戸さえもないという事実である。昼間は、すべる衝立が唯一のドアであるが、それも一〇歳の子供でも引くことができ、あるいは穴をあけることができるほど弱い構造なのである」と驚きを隠せない様子である。

さらに、次のように日本人の高潔さ、清潔好き、そして芸術的センスの良さを手放しで褒め称えている。「わが国で人道の名のもとに道徳教育の重荷になっている善行や品性を、日本人は生まれながらに持っているらしい……簡素な衣服、整頓された家、清潔な環境、自然およびすべての自然物に対する愛、簡素で魅力的な芸術、礼儀正しい態度、他人の気持ちに対する思慮……これらは恵まれた階層の人々だけでなく、最も貧しい人々も持っている特質である」「日本人のきれい好きは外国人が常に口にしている。……どこの町にも村にも浴場があり、それもかならず熱い湯である。……田舎の村でも都会でも、富んだ家も貧しい家もいちように、決して台所のゴミや灰やガラクタが出て見苦しいということがない」「日本人は世界中でもっとも自然を愛する、最も優れた芸術家であるように思われる」「日本人の芸術的性格はいろいろな方法で――ささいなことであっても――示される。たとえば子供が誤って障子に穴をあけた場合、四角い紙片を貼るかわりに桜の花の形に切った紙を貼る」

「上野の公園で産業博覧会が開かれた。会場を見て歩いた私は、維新からまだわずかな年数しかたっていないのに、日本人がついさきごろまで輸入していた物品を製造している、という進歩に驚いた」と日本人の進取の気性と勤勉に目を見張るモースは、しかし同時に日本の急速な近代化によって、「この国のありとあらゆる物は、日ならずして消え失せてしまうだろう。私はその日のために日本の民具を収集しておきたい」と決意する。

もっとも彼が収集したのは、民具だけではない。その後ボストン美術館に収蔵されることとなる四六四六点の日本の代表的な陶磁器、それに膨大な写真である。その中でも、人物を撮ったものが、今のわれわれの目から見てももっとも興味深いのは言うまでもない。セイラム・ピーボディー博物館所蔵の写真コレクションは、モースだけでなく、他の欧米人によって収集された写真も収められている。

被写体が一定時間静止していなければならなかった当時の写真技術水準からして、あらかじめポーズをとった演出された場面のものが多いが、それでも当時の風俗のディテールをこれほどまでに詳細に伝えてくれるものはない。まだ白黒だったはずの写真に、当時の人々は丁寧に彩色した。まるで天然色写真のような出来になっている。かつてモース自身が館長を務めたセイラム・ピーボディー博物館に所蔵されたこのおびただしい数の写真の中から、特に魅力的なものを選んで本にした前掲『モースの見た日本／日本民具編』にも『百年前の日本／写真編』（小学館）にも、あらかじめポーズをとらせているにもかかわらず、やたらにフンドシ姿の男たちを撮ったものが多い。やはり、外国人にとって、「なんとも物珍しく面白い光景であった」こともあるだろうし、それだけしばしば目につく光景でもあったのだろう。

たとえば、一八九〇年撮影の「鯛を手にした漁夫」というキャプションがついた写真。真っ黒に日焼けした男が、真っ白なフンドシ姿で、魚籠の中から今獲れたばかりといった感じの鯛を取り上げて見せびらかしている。

同じく一八九〇年撮影の「瀬戸内海・五丁艪の舟」と題した写真の漁夫たちも五人中四人がフンドシ姿である。

あるいは、一八九〇年撮影の「代掻と踏車」と題した写真。後方左手に水田を馬鍬で代掻きする男たちのシルエットがあり、前方右手には、フンドシ一丁の裸の男が踏み車で田に水を張っている。

一八六〇年撮影と一八七〇年撮影の「飛脚」と銘打った写真にも、鉢巻きにフンド

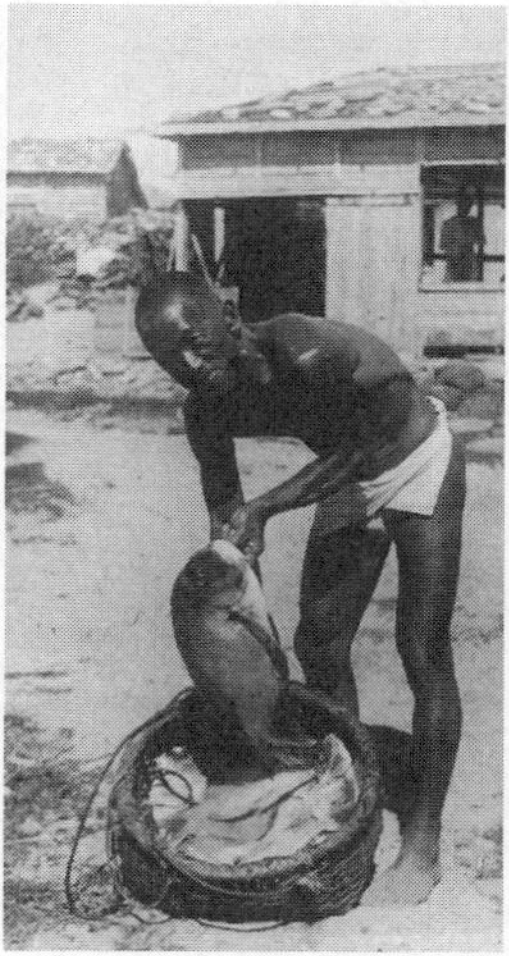

1890年撮影の写真「鯛を手にした漁夫」。『百年前の日本　モースコレクション／写真編』(小学館) より。

シ以外には身体に何も着けていない男たちが写っている。

一八八〇年撮影の「木挽」にも、ねじり鉢巻きとフンドシ一丁だけの真っ黒に日焼けした男が写っている。

一八八〇年撮影の「駕籠かき」は、休憩中の駕籠かきたちを撮ったもので、五人中三人の男が、黒光りする裸体に真っ白いフンドシ一丁という姿をしている。

どの男たちも恥じらいはおろか、極めて自然にそういう格好をしていて、重労働をする男たちの正装だったことが分かる。

「杭打ち機」の図。『モースの見た日本　モースコレクション／日本民具編』（小学館）より。

一八七七年（明治一〇）六月一九日　横浜

日本についた翌日、街を歩いてみると、運河の入口に新しい堤防を築いているところに出くわした。珍しい人間杭《くい》打ち機があって、何時間見ていても飽きることがない。足場は藁縄《わらなわ》でしっかりとくくりつけてある。働く人たちはみな裸同然で、あるものは褌《ふんどし》のほかは何も身につけていない。杭打ち機はじつに面白い装置重い錘《おもり》が長い竿《さお》にとりつけてあり、足場の板にすわる一人の男がその竿をささえ持つ。他の者はそれぞれ、下の錘に結びつけて上方の滑車《かっしゃ》を通した縄をひっぱるのである。ほんとうは八人で円陣をなしていたが、私の写生では、わかりやすく四人にしておいた。はじめに奇妙な、単調な歌が唄われ、その一節の終わりにみんなそろって縄をひく。そして突然その手をゆるめて、錘をどさっと落とすのだった。すこしも錘をひきあげる努力をしないで歌を唄うとは！　ばかげた時間の浪費に思われた。なんと労働時間の一〇分の九は歌を唄うことに費やされていたのである！

（『モースの見た日本　モース・コレクション／日本民具編』小学館／傍線—引用者）

共同作業が、労働と言うよりも祝祭であったことを物語る貴重な証言でもあるのだが、ここでも肉体労働の制服は、裸体にフンドシと相場が決まっているようだ。

しかし、それよりもさらに目を引くのは、衣服の下から平気で堂々とフンドシを人目に晒している姿である。たとえば、一八九〇年に箱根か日光あたりの杉並木道での駕籠道中の様子を撮った写真。法被の下に股引的なものを着用している駕籠かきもちらほらいるが、大半は、真っ白いフンドシをのぞかせている。

これが欧米人の目にかなり奇異に映ったらしいことは、モースが日本を後にするのと相前後して明治一五年に日本を訪れ、一七年間も滞在したフランス人画家ジョルジュ・フェルディナン・ビゴーが日本と日本人を描きまくった作品に、この着衣の下からフンドシをのぞかせている男がむやみに多いことからもわかる。

むし暑い真夏のある日、川沿いの細道を肩からカバンをひっかけて歩いていく男をビゴーは見かけた。帽子をかぶりシャツを着たその男が、ふんどし姿であるのはなんともアンバランスな格好だなあと思ったが、さらによく見ると、この男は足袋《たび》をはき下駄をはいているのにいささか驚かされた。その男はうちわをあおぎながら長い道のりを足早に歩いていたが、強い日差しで汗がふき出し股間もムレて不快だったのか、時々左手でふんどしをゆるめてすきまをつくり、右手のうちわでそのすきまに風を送っていた。右足を少し上げるとふんどしのすきまが大きくなるので時々立ち止まっては片足を上げていた。その珍奇な振舞いを、ビゴーはおかしさをこらえてすばやくスケッチした。

（清水勲『ビゴーが見た日本人』講談社学術文庫）

「こんな格好は、明治の頃にはいたるところで見られたから日本人画家には画材にはならなかった。外国人でなくては気がつかない珍奇さだったのである。ヨーロッパの価値観で当時の日本人の生活を描写した作品だからこそ、現代から見るときわめて貴

ジョルジュ・ビゴー画。雑誌『日本人の生活』〔第二次〕（明治31年刊）所収。清水勲『ビゴーが見た日本人』（講談社学術文庫）より。

重な証言になっているのである」といみじくも断ずる清水勲は、さらにビゴーが描き出したところのフンドシを堂々と晒す男たちの図を次々に紹介してくれる。

それは、「真夏の昼さがり、洋傘を手にしワイシャツ、靴下、靴、麦稈帽といった洋装ずくめの若者が、暑さのためについ普段の習慣が出てしまい、ズボンを脱いで海岸沿いの名勝見物をしている図」であり、「たまの仕事休みに妻子を連れて近所の芝居小屋に入り」フンドシ一本でキセルをふかして髷をしている男の図であり、宴席で芸者相手に「すっかり酔いがまわり体がほてってか、ふんどしをあらわに見せて踊りに興じている」「髭をはやした」「いかにも官員風」の男の図である。

12章　イエス・キリストのパンツ

最初に通っていた幼稚園で、毎朝、園長先生のお話が終わるとオルガンの伴奏で、「てんに　まします　われらが　ちちよ♪」と合唱させられていたという話は以前にした。

おそらくミッション系の幼稚園で、ホールは礼拝堂も兼ねていたのだろう。園長先生がお話をする背後に、大きな鈍い金色の十字架（もちろん、まだその時点で「十字架」という単語はわたしのボキャブラリーに無かったけれど）があった。

入園した最初の日、ホールに入るなりわたしはその十字架に興味をそそられた。十字架には、痩せこけたオジサンが両手を横に拡げてピタッと張り付いていたのだから、尋常ではない。興味を持つな、という方が無理である。

園長先生のお話の最中も、年長組が歌をうたって歓迎してくれている最中も、わたしの視線はオジサンに注がれていた。いつのまにか祭壇の下まで行ってオジサンを見上げていた。

悲しそうにうなだれて目をつぶっている。よく見ると、オジサンには顎鬚がある。木の葉で編んだ冠のようなものをかぶり、ほとんど裸。ヘソ丸出しである。突然背後で声がした。

「変なパンツ」

声の主はリエコちゃん。その日、初対面だったのだが、自己紹介するときに、

「川村リエコって言うの、うち、ノシイカ作ってるんだ」

と言ったものだから、わたしの胸は高鳴った。あの頃はノシイカほど美味しい食べ物は世の中に無いと思っていて、いつか心ゆくまでノシイカを食べてみたいと夢見ていたのだ。こんな幸運逃してはなるまい。リエコちゃんとは無条件に親友になろうと心に決めたのだった。そういうわたしの好意を感じ取ったのか、リエコちゃんもたちまちなついてくれたのだと思う。入園式のあいだ中わたしのそばを離れずにいた。

それにしても何を言い出すんだ、リエコちゃんは。わたしが訝しげな顔をしたせいだろう、リエコちゃんは右手人差し指で十字架に張り付いたオジサンの腰のあたりを示しながら、さっきよりも大きな声でもう一度、

「変なパンツ」

と言ってケケと笑った。

「パンツじゃないよ、あれはフンドシだよ」

思わず反論してしまった。今度はリエコちゃんが円らな瞳をパチパチさせて首を傾げた。

「フンドシってなあにい？」

「なあんだ、リエコちゃん、フンドシも知らないの？」

ちょっと得意になりながらも、わたしは言葉でもってフンドシの何たるかを言い表そうとして絶句した。それでも何とか説明責任を果たそうと父親の越中フンドシの形状を思い描いた。それで目前の十字架に張り付いたオジサンの腰のあたりを覆っている代物とはちょっと様子が違うことに気づいたのだった。何かに似ている、何だったっけ……そうだ、お風呂あがりに腰にタオルを巻いてもらったときにソックリだ。その発見にちょっと嬉しくなった瞬間、

「マリちゃんとリエコちゃん、どうしたのですか？」

コバヤシ先生がグループから離れたわたしたちに近付いて来て肩に手をかけた。

「さあさあ、お昼ご飯を食べる時間ですよ。みんなはもう手を洗いましたよ」

二人の手を取って引っ張っていこうとするのを、リエコちゃんもわたしももう片方

の手で祭壇の手すりに摑まり踏ん張りながらたずねた。

「コバヤシ先生、あのオジサンがはいているのは、パンツですか？」

「フンドシですか？　タオルを巻いてるんですか？」

コバヤシ先生は握っていた手を離し、おかっぱ頭を仰け反らせたかと思うとかがみ込んで両手で口元を押さえながら苦しそうに咳き込んだ。ようやく落ち着いて立ち上がると、ちょっと物々しい顔つきになって言った。

「あれは、オジサンではありません。イエス・キリストさまです。イエスさまはゴルゴタの丘で十字架に磔にされたのです。ごらんなさい、手の甲も足の甲も釘が打ちつけられているでしょう」

ああ、たしかに大きな釘が両手先と足先に突き刺さっている。傷口からはドクドクと血が流れ出していた。彫像は鈍い金色をしていたというのに、なぜか子供心にも、それは血だと理解できた。大変なショックである。パンツかフンドシかの疑問も吹っ飛んでしまって、わたしもリエコちゃんも凍りついたように黙り込んだ。お昼ご飯のお弁当も喉を通らなかった。

以後、十字架の彫像を見るのは忍びなくなって、毎朝の礼拝の最中もなるべく目をそらして祭壇の方を見ないようになった。それでもお風呂あがりに父や母がタオルを腰回りに巻きつけてくれるたびに、イエス・キリストのことを思い出して恐怖に身がすくむ。恐怖は思考力を鈍化させるのだろう。キリストが身につけていた下ばきは、パンツなのかフンドシなのか、あるいは単に布切れを巻きつけていたのか、という疑問はそのまま置き去りになってしまった。

ひと月も経たないうちに、わたしは他の幼稚園に転園させられて、十字架に磔にされたキリスト像を見なくて済むことになった。そして、そんな疑問を抱いたことすらいつかすっかり忘れてしまったのだった。

同じ疑問が再び頭をもたげてきたのは、小学校三年の秋、両親の都合で一家そろってプラハに移り住み、日常的に十字架に磔にされたイエス像を目にするようになってからだ。そこかしこに点在する教会だけでなく、博物館や美術館にも、街頭にも、書物の中にも十字架刑にされたイエス像は溢れていた。

その頃には、わたしもすでにコシマキという単語を知っていた。そのパンツやフンドシとの決定的な違いは、前者は文字通り腰回りに布を巻いているだけなのに対して、後二者は、股ぐらを直接布で覆っている点である。そして、有名無名の絵画や彫像で見る限り、キリストが身につけている下ばきは、コシマキのように見えるものが圧倒的に多いのである。

サンマルコ大聖堂のフレスコ画や彫像などのように、コシマキというよりもかなりタップリ布切れを使った巻きスカートに見えるのもあるし、ニッコロ・ディ・ピエトロ・ジェリーニ(一四世紀)の『キリストの磔刑』画や、ヤコポ・デル・セライオ(一五世紀)の『キリストの磔刑』画や『奉納祭壇画』中のキリストなどのように、透き通った布切れを申し訳程度に腰に巻きつけているのもある。ヤン・ファン・エイク(一五世紀)の『キリストの磔刑と最後の審判』のキリストは何もつけていないようにも見える。虫眼鏡で見ると透明な布を巻きつけているようにも見えるが微妙である(なお、キリストの左右に磔にされた盗賊は各々パンツらしきものと股引らしきものを身につけているが、これだけでは一五世紀の風俗なのか、キリスト処刑時の風俗なのか分からない)。

もっとも、ゴーガン(一九世紀)の画『黄色のキリスト像』などのように、六尺フンドシ風のもの、ミケランジェロ(一五~一六世紀)の彫像『パレストルのピエタ』のようなもっこフンドシ風とも越中フンドシ風とも受け取れるもの、同じミケランジェロの画『聖ペテロの磔』(ヴァチカン博物館・聖パオロ礼拝堂)では、イエスではなくて、ペテロが素っ裸にパンツ一丁という感じで描かれている。

さらには、ミケランジェロのデッサンになると、磔にされたイエスは一糸まとわぬ

ヤン・ファン・エイク『キリストの磔刑と最後の審判』部分（1425－30年）

ゴーガン『黄色のキリスト像』（1889年）

ヤコポ・デル・セライオ『奉納祭壇画：聖三位一体、聖母マリア、聖ヨハネと寄進者』部分（1480－85年頃）

姿で表されているものが多い。

こうなると、イエスが処刑時に身につけていた（あるいは身につけていなかった）下ばきは、リアルな描写というよりも、芸術家のイマジネーションや意図次第ということになる。

たとえば、十字架からイエスの亡骸が下ろされるシーンや、イエスの亡骸を抱いて嘆く母マリアとのセットで描かれる「ピエタ」ものなどは、いずれも肝心の場所は布切れを被せるというパターンが多い。実際には何も身につけていない姿で磔にされたのを、十字架から下ろしたときに、布を被せたのではないか、とも思えてくるのだ。となると、磔像は完全な裸体なのを、芸術的あるいは宗教的あるいは描かれた時点の社会通念的思惑に従って、下ばきをはかせたという仮説も成り立つ。

まず肝心の聖書で確認してみる。キリスト磔の経緯は、マタイ、マルコ、ルカいずれの福音書にも記されているが、着衣剥奪に関しては、ヨハネが一番詳しい。

> 兵卒どもイエスを十字架につけし後、その衣をとりて四《よ》つに分け、おのおの其の一つを得たり。また下衣《したぎ》を取りしが、下衣は縫目なく、上より惣て織りたる物なれば、兵卒ども互にいふ『これを裂くな、誰《た》が得るか鬮《くじ》にすべし』これは聖書

の成就せん為なり。曰く『かれら互にわが衣《ころも》をわけ、わが衣《きぬ》を鬮にせり』兵卒ども斯くなしたり。

（ヨハネ伝一九章二三～二四節、傍線―引用者）

「聖書の成就」というのは、旧約聖書・詩編二二章一九節にある文面を指している。「下衣」なるものは、下ばきのことなのか、それとも単に上着の下に身につけるシャツのようなものを指しているのか迷うところだが、「縫目のない一枚の布である」という記述を考慮すると、これはコシマキ的なものか、六尺フンドシ的なものを想像せ

ミケランジェロ『パレストルのピエタ』
(1555年頃)

ざるを得ない。この「下衣」まで兵士に奪われたとなると、やはりイエスは恥部をさらしたまま磔にされたのではないだろうか。

とここまで記したところで、そもそもイエス・キリストなる人物が聖書に記してあるとおりに実在したのか、という問題を傍らに置き去りにしてきたことを思い出した。モデルらしき人は複数実在したのであろうが、荒唐無稽の虚構の中にどれほどの史実が紛れ込んでいるのかは、見定めにくい。

しかし、服装については、二〇〇〇年ほど前に、聖書の舞台となる地域に棲息していた人々が、一般的にどんな服装をしていたのか、ということから類推するのが、一番真実に近いのではないか。まさにそういう立場で編纂された格好の辞典が見つかった。『新聖書大辞典』（キリスト教新聞社刊）。この「衣服と装身具」の項目は、「聖書には種々の型の服装が記されているが、その明確な絵画は西南アジアの近隣諸国における同時代の碑石の助けによって復元するほかはない。イスラエル人はかつてエジプトに滞在し、バビロニアに捕囚となり、ギリシア・ローマの支配を受け、更に重要なことは彼らが古代世界の偉大な文化圏の間をつなぐ自然の交通路に当たる地に住んでいたということである」。だから、「ユダヤ人、またこれに次ぐ初代クリスチャン」つまり聖書の主要な登場人物たちは、シリア、カナン、フェニキア、バビロニア、ペルシア、ギリシャ、ローマの人々「の服装を知り、かつその影響を受けたに相違ない」という立場で編纂されている。

同辞典によると、「イスラエル人の服装はきわめて簡素で、下着、上着、帯、サンダル、被り物をもって一揃いとされた」とあり、下ばきとして、コシマキ以外に、股ぐらに布をくぐらせるいくつかのタイプが紹介されている。

「エジプト人はわが国の褌《ふんどし》と同じように、幅三〇cm、長さ一・八mの細長い亜麻布を腰に巻いて、余りを前に垂らした」という六尺フンドシ風のものもあれば、その発展形として、「細い紐で布の一端を腰に止め、布を股間にくぐらせて股を巻き、前方で扇形に広げた」という越中フンドシやもっこフンドシの変形のようなものもある。いずれも「奴隷や労働者の服装で」「監督や身分のある人は更に幅の広い、そして長さの短い布を腰巻きのようにして細い帯で止めた」とあるのだ。

おそらく、イエスがそういう下ばきの上にコシマキ的に着用していた亜麻布を兵士たちは剝奪してクジにかけたのかもしれない。

となると、十字架にはりつけられたイエスの体にフンドシ状の肌着はからくも残っていた可能性がある。

とここまで類推したところで、わたしは、「アッ」と叫ばずにはいられなかった。

同辞典のさらに先の記述が目に飛び込んできたからである。

階段を設けた祭壇で行事を行う祭司は、「風紀上の端正を保つために」「亜麻の下ばきを着用することが規定され（出エジプト記二八章四二節、三九章二八節）」この下ばきの「原語は双数形（dual）で、今日の猿股のように二股の下ばきであったことを示している」。これが、レビ記では「ももひき」、エゼキエル書では「袴」と訳されている、とある。

突然、ノシイカ屋のリエコちゃんが、

「変なパンツ」

と言ってケケケと笑ったのを思い出した。

リエコちゃん、偉い！　イエス・キリストがパンツを着用していた可能性はかなり高かったのだ！

13章　複数形の謎

わたしにとって外国語との最初の本格的出会いは、九歳のときに親の都合で通うようになったソビエト学校のロシア語。そこで基本的な言語形成を日本語で成し遂げた人が初めて異なる系統の言語を身につけるときの戸惑いのフルコースを十二分に味わったのだった。

その一つに、同じ事物を表す名詞そのものを、その事物の数量によって形態的に変化させる（時折、まったく別な言葉をあてがう）ということがある。要するに、単数形と複数形の存在だ。日本語の一部の名詞には重複法（単語を反復する方法——山々、日々etc）によって、それが複数あることを形状的に示す場合があるが、基本的には一個であろうと二万個であろうとリンゴはリンゴであるからして、一個と一個以上とで「リンゴ」そのものの形が変わることはなかなか受け容れがたい。脳は抵抗するのである。

リンゴ（単数）→リンゴ（複数）
яблоко → яблоки／ロシア語
apple → apples／英語

こういう語形変化の規則を覚えること自体は、かなり面倒くさいものの、不可能ではない。

それよりも事物について述べる際にそれが単数か複数かを無意識にチェックしているというオートマチズムが脳に形成されるのに時間がかかる。単語を発する前に、それが一つであったか一つ以上であったかを把握していなければ、声にすることもできないという事態に適応するには、一定の時間が必要だ。

「リンゴが食べたい」

と言うときは、いくつ食べられるか不明なので、単数で言っても複数で言っても許される。しかし、

「さっきリンゴの木を見かけたわ。リンゴの実がなっていた」

とわたしが言うと、

「あら、リンゴの木は五、六本植わってたし、リンゴの実だってたわわになっていたじゃないの。てっきりリンゴの木が寂しくポツンと立っていて、リンゴの実がたった一個なっている光景を想像しちゃったわよ」

としじゅう注意されたり訂正されて悔しい思いをしながら、こういうオートマチズムも何とか身についていく。

しかし、一個と一個以上の差には形状的な変化を必須としながら、なぜ二個と三個、五個と一万個のあいだには、それを設けないのか。無頓着でいられるのか。そういう理不尽感は残るのである。

どうやら昔のロシア人は、この差をちゃんと意識していたらしい。困ったことに、その痕跡が言語にも残っている。名詞と組み合わさる数詞の最終語が一の場合は名詞は主格で、名詞の性（Gender）と数に合わせて数詞が四通りに変化し、二〜四の場合は名詞は単数生格、二についてのみ名詞の性によって二通りに変化し、五以上の場合は名詞は複数生格という、こうして書くのも読むのもウンザリするルールになっている。ロシアに長期駐在する商社員の奥さんなど、買い物する度に店員に言葉遣いを訂正されるのが癪で、買う数量は一個か五個以上と決めている人もいるくらい。

さらに面倒なのは、個数で数えられないもの（油とか情熱とか）について、複数形を持たないとか、単数形を持たないとか、いちいち単語ごとに決まっていて、その上、その分類にも例外があって、と学習意欲を削ぐことがイヤというほどあるのだ。

その昔、日本語文法の原型を作ってくれた祖先の皆さんは、数に淫すると際限なくややこしくなっていく、という真理を予め見越して君子危うきに近寄らずという賢明な選択をしてくれたのか、それとも単に鷹揚というか面倒くさがり屋で手を出さなかったのか。おかげで、日本語だけで生活している分には大変よろしいが、その分、数を名詞の形状に反映する言語（現在、日本人が学ばされることの多い工業先進国の言語はみなそう）を習得する際にとても苦労する。などとあちこちでさんざん愚痴っていたら、ロシア人やアメリカ人の日本語学習者から猛反撃を食らった。

「おめでたいこと抜かすな。だから島国人は困る。どれだけ我々が日本語で数を数えるときに苦労していることか！」

「そうだ！　山が二つで山々と言うか？　三つで山々と言うか？」

「いえ、あれは四つ、いや五つぐらいからかなあ……」

「なぜ山々と言うのにおかおか（丘々）と言わないか？　木々と言うのにはなしばなし（話々）と言わないか？」

「……」

「なぜ人を数えるときは、ひとりふたりで三人以上になると人（ニン）になるのか？

本は一冊二冊で、タンスは？」

「ひと竿、ふた竿かな」

「タクアンは？」

「一切れ、二切れ……あっ切り分ける前は、一本、二本」

「パンツは？」

「一枚、二枚」

「そうかなあ、一丁、二丁でしょう」

「えっそりゃあフンドシでしょう。あれパンツも一丁って言うか」

「ではイヌは？」

「一匹、二匹、いや、一頭二頭かな、あれれ」

「それ見たことか。これで数多の外国人の日本語学習欲は敢え無く沈没するのだ」

「いやでもね……」

とそんなときに、わたしが持ち出すのが、数にまつわる不合理不条理きわまりない次の話。

ロシア語には数詞の「一」に単数が三種類あるだけでは足りず、複数形まである。

その語が指し示す事物は単体だというのに、語形は複数形をしているものを数えるためのものである。たとえば、

ботинки, тапочки, чулки, носки, перчатки,……
shoes, slippers, stockings, socks, gloves,……
靴、スリッパ、靴下、ソックス、手袋、……

これはまあ理解できる。いずれもペアで一組という事物。当然、単数（ботинок, shoe）になると、ペアの片割れを指す。
しかし、どうにも受け容れがたい複数形がある。

трусы, брюки, колготы,……
briefs, trousers, tights,……
パンツ、ズボン、タイツ、……

なぜこれが複数形なのか。靴やスリッパと違って、これには単数形が存在しない。

当然である。そもそも、片割れというものがあり得ないからだ。

なのに、なぜ靴やスリッパと同じような複数形をとるのか。

周知の通り、この複数形適応の原則は基本的にラテン語をも含むヨーロッパ語の圧倒的多数について共通で、元をたどると、現代のヨーロッパ諸語ではすでに失われてしまった古代ギリシャ語の双数形（dual）に行き着く。

たとえば、ロシア語について調べていくと、パンツ трусы は英語の trousers、ズボン брюки はオランダ語の broek、タイツ колготы はチェコ語の kalhoty からの借用で、つまりいずれも外来語なのだが、元の言語でも複数形なのである。

しかし trousers パンツ、broek ズボン、kalhoty タイツのいずれもが、それぞれ英国、オランダ、チェコで生まれたわけではない。そして、ラテン語や古代ギリシャ語の故郷、古代ローマで、あるいは古代ギリシャで生まれたわけでもない。

つまり、ラテン語、ギリシャ語をも含めてそれぞれの言語は、パンツやズボンやタイツの原型が生まれた瞬間に別に立ち会っているわけではないのだ。それらが外から入ってきた場面には立ち会っているかもしれないが。

では、どこからやって来たのか。

ズボン（腰から脚部にかけて左右別々に覆う西洋式脚衣）の起源については、古代の西アジアから中央アジアに広がる草原地帯の遊牧民社会であるというのが、専門家のあいだでは常識になっている。その常識が以下の文章に簡潔に述べられている。

……中央アジアを原住地とした騎馬遊牧民族アーリア人は、紀元前二五〇〇〜前二〇〇〇年代から徐々に南下し始め、前七〜前五世紀には黒海北部からメソポタミアに達した。その確実な証拠はカフカス地方の遺跡、とりわけスキタイ文化やペルシアの遺跡にみられる。もっとも有名なのは、ペルセポリスのダレイオス宮殿の遺跡（前六世紀ころ）や、さまざまなスキタイ人の遺物（前五世紀ころ）で、これらには明らかにズボン形式の着衣を特徴づけた、北方民族の姿がみごとに浮彫りされている。

古典古代に入ると、ギリシア人は、フリギア人やアマゾンの姿として、ズボンをはいた異邦人を描き、一方、ローマ人は「ブラーカエ bracae（ズボンのこと）をはく野蛮人」として北方ゲルマン人を軽蔑《けいべつ》した。四世紀後半の民族大移動の開始とともに、北方系の衣服を特徴づけるズボン形式はユーラシア大陸の各地へと拡大していった。中国にみられる胡服《こふく》や日本の埴輪《はにわ》にみられる衣褌《きぬばかま》も、そうした歴史的現象の一環であり、他方、ヨーロッパでのローマ末期からビザンティン時

代にかけての北方系衣服、つまりズボン形式の浸透もそうである。［石山彰］
（電子ブック版『日本大百科全書』小学館）

つまりズボンの発生発展と乗馬とは緊密な関係にあるようなのだ。しかし、ズボンを発明した草原地帯の諸民族の言語であるところの、モンゴル語（温品廉三先生に伺う）やトルコ語で単体のズボンやパンツは単数形である。以下、各国語でズボン・パンツ。

モンゴル語→θмд；дутуур θмд（単数形、ただし語末のдは昔の複数形の接尾辞の名残）

トルコ語→pantolon；külot, don（単数形）

しかし、イラン系のペルシャ語、アラビア語には、また旧約聖書の書かれたヘブライ語にも単数形、複数形以外に対になったものを示すために「双数形」という形が存在する。

ペルシャ語→شلوار ; شورت（双数形）
アラビア語→سروال , بنطلون ; لباس داخلي（双数形）
ヘブライ語→מכנסיים ; תחתונים（双数形）

イラン系のスキタイ人やサルマート人経由でズボンを取り入れていったユーラシア西部に棲息した諸民族、古代ギリシャ、ローマ、そしてケルトやゲルマンが、ズボンの双数形をも継承したと考えるのが自然ではないだろうか。

言葉はちょうど何層も昔の地層から出土する遺跡のように、文化の伝承経路を物語ってくれる。

なぜ草原の古代イラン系の人々は、ズボン、パンツタイプを双数形で呼ぶようになったのか。パンツやズボンという単語が生まれた時点のパンツやズボンが二体に切りはずし可能な形状をしていた、あるいは製作過程で二体をつなぎ合わせたせいではないだろうか、と考えるのが自然であろう。言葉は、そのことを証明している。

ヨーロッパの諸言語において、眼鏡は複数形（例：очки 露、glasses 英）なのに、なぜブラジャーは単数形（例：лифчик, бюстгальтер 露、brassiere 英）なのか、ということを考えてみると、余計に上の類推は説得力を持つ。眼鏡は単眼用のものがあるが、ブラジャーは一体型しかなく、しかもイランなど東方から渡ってきたものではなくて、もともとヨーロッパで胴着から発生、発展したものだからではないか。

14章　イチジクの葉っぱはなぜ落ちなかったのか

例のミッション系の幼稚園に入園してまもなくコバヤシ先生がテンチソーゾー物語なるものを紙芝居仕立てにして語り聞かせたことがあった。

「ラクエンの真ん中に木がありました。その木になる果物だけは絶対食べてはいけません、食べたら死んでしまいますからね、と神様はおっしゃいました。ところが、ある日、ずる賢い蛇が女に言いました。『ふん、この果物を食べたからって死にゃあしないよ。すっごく美味しいから食べてごらん。神様は、この果物を君たちが食べちまったら、神様と同じように賢くなって何でものがよく見えて分かるようになっちまうのが嫌なだけさ』。それで女は美味しそうで綺麗なその果物をもぎ取ってかじり、男にも食べさせました。すると、とたんにふたりとも何もかもよく見えるようになって、今まで裸でいるのがちっとも恥ずかしくなかったのに、突然とても恥ずかしくなりました。それで、恥ずかしいところを……」

そう言いながら先生が絵をめくり新しい場面が見えたところで、

「先生、その恥ずかしいところって、オチンチンのことですかあ?」

とタケウチ君が尋ねたものだから、子どもたちはワイワイキャッキャッと大喜びではしゃぎ出してしまいしばらく収拾がつかなくなった。タケウチ君はそば屋の息子だから毎日お弁当に真《ま》っ新《さら》な割り箸を持ってくる。それは園児たちの羨望の的だった。そういう空気を察してか、タケウチ君はグループの男の子の中では一番物怖じせずに発言したり行動したりしていたのだ。


紙芝居の背後からコバヤシ先生が神経質そうな顔をのぞかせた。いま思えば、おそらくその顔には「迷惑」の二文字が書かれていたのだろうが、わたしとしては、新しい場面を見たことでちょうど疑問が大きく膨らんで破裂しそうになったところだったので、ここぞとばかりに先生にその疑問をぶつけた。

「先生、その葉っぱ、どうして落っこちないんですか?」

先生は黙ったままだったけれど、ノシイカ屋のリエコちゃんがとても自信ありげに言った。

「セメダインでくっつけたんじゃない」

リエコちゃんはこんな風にすぐに反応してくれるから大好きだ。

「でもオシッコするときに困るよねえ。そのたんびに引っぺがすの痛いもの」

絆創膏を剥がすときに皮膚の表面をビリリと走る痛みを思い出して、わたしは顔をしかめた。

「糊かもしんないね」

セメダインよりも糊の方が、まだ引っぺがすときに楽な気がした。

「きっとセロテープだよ」

突然脇からそば屋のタケウチ君が割ってはいる。今の子どもなら、ガムテープとか両面テープと言うところだろう。

「ねえ、コバヤシ先生、なんで葉っぱが落っこちないんですか？」

「……」

絶句したままコバヤシ先生は、掲げ持っていた紙芝居のボール紙をドサッと床に落っことしてしまった。身体を痙攣させて紙芝居をかき集めながらクックックッと苦しそうに咳き込んだので園児たちは心配になって座っていた席を一斉に離れて先生に駆け寄った。

「先生、大丈夫？」

「大丈夫です」

先生はあわてて紙芝居一式を抱えて立ち上がると、強ばった怖い顔になって、

「さあ、みんな早く席に戻りなさい」

と厳しい声で言い、何事もなかったかのように紙芝居を続けた。

「それでふたりは、恥ずかしいところをイチジクの葉で隠したのでした……」

イチジク……イチジクだって？　わたしは今すぐにもわが家に飛んで帰りたくなった。庭の片隅にイチジクが植わっているのを思い出したのだ。それをリエコちゃんにささやくと、たちまちグループの園児全員が知るところとなり、みなソワソワと落ち着かなくなった。コバヤシ先生の紙芝居がようやく終わり、お別れの挨拶を済ませて玄関に向かいながら、リエコちゃんが、

「今日これからマリちゃんちに遊びに行っていいかなあ」

と言うと、他の園児たちも口々に、

「僕も」「あたしも」ということになって、総勢七、八名の子ども達を引き連れてわたしは家にたどり着いたのだった。子ども達はイチジクの木から葉をもぎ取って、紙芝居に描かれた男女を思い出しながら同じ場所にあてがってみた。葉は産毛状のトゲに覆われていたので、服の上からあてがうと、かなりしっかりくっついたが、ちょっと動いたりすると、はらりと落ちる。

「やっぱセロテープだよ、セロテープ。あのさあ、家帰ってから試してみるからさあ」

タケウチ君は葉を三枚ほどさらにむしり取ると、

「これだけもらってくよ。糊とセメダインとセロテープの分。いいよね」

と言った。他の子ども達も真似をして三枚ずつイチジクの葉っぱをもぎ取って帰って行った。わたしも夜お風呂に入る前に裸になったときにイチジクの葉に糊とセメダインとセロテープを付けて試してみた。局部の少し上、恥丘のあたりに接着してみた。セメダインも糊も乾くまで待ちきれずに拭ってしまった。タケウチ君の言ったように、セロテープが一番具合が良かった。オシッコをするときは、葉の接着していない部分を軽く持ち上げるだけでいいのだ。

疑問がとけて晴れやかな気分で翌朝幼稚園に着くと、とんでもない事態になっていた。タケウチ君と相似形の、角刈のお父さんが幼稚園に怒鳴り込んできたのだ。わたしの家からイチジクの葉を持ち帰ったタケウチ君は局部に直接セメダインを塗り込んでしまったらしい。母親が気づいて大事にはいたらなかったということだが、あとでタケウチ君にたずねると、

「オチンチンに染みて痛かったあ」

イチジクの木の下にいるアダムとイヴ。マドリードにあるビヒラヌス彩色写本の一葉。

とのことであった。

この四八年前の紙芝居以来、禁断の木の実を食べてから楽園を追放されるまでのアダムとイヴの姿は、常にイチジクの葉をそれぞれ一枚ずつ恥部にあてがった形でわたしの記憶中枢にインプットされたのだった。そしてその後、アダムとイヴを描いた有名無名の絵画や彫像をいくつも目にしてきたが、その圧倒的多数において、というよりもわたしの見た全ての作品において、両人ともその恥部をそれぞれたった一枚のイチジクの葉で隠している、という点では変わらなかった。

この連載を書くにあたって、イチジクは聖書に登場する最初の下着ということになるなあと思い当たり、そのくだりに目を走らせて、腰を抜かしそうになった。

是《ここ》において彼等《かれら》の目倶《めとも》に開《ひら》けて彼等《かれら》其裸體《そのはだか》なるを知《し》り乃《すなは》ち無花果樹《いちじく》の葉《は》を綴《つづ》りて裳《も》を作《つく》れり　（創世記三章七節　傍線―引用者）

右は日本聖書協会発行の代表的な文語訳だが、なんだ、なんだ！　イチジクの葉は一枚なんかではなくて何枚かつなぎ合わせて「裳」にしてるみたいではないか。「裳」を広辞苑で引くと、第一義に、「上代、女子が腰から下にまとった衣」とある。スカートみたいなものか。イメージがわかないので、念のため代表的現代語訳をのぞく。

> すると、ふたりの目《め》が開《ひら》け、自分《じぶん》たちの裸《はだか》であることがわかったので、いちじくの葉《は》をつづり合《あ》わせて、腰《こし》に巻《ま》いた。

つまり巻きスカートか腰巻的なものということなのだろうか。ラテン語の聖書のその部分を探す。

> et aperti sunt oculi amborum cumque cognovissent esse se nudos consuerunt folia ficus et fecerunt sibi perizomata

羅和辞典片手に解読する限り、folia ficus は「イチジクの葉」で、perizomata は「バンド、腰帯、腰巻、パンツ」などを表す語だから、やはりアダムもイヴも一枚のイチジクの葉で事足りていたわけではないことだけは確かだ。ロシア語訳はどうか。

> И открылись глаза у них обоих, и узнали они, что наги, и сшили смоковные листья,

и сделали себе опоясания.

「イチジクの葉（複数形）を縫い合わせて、自分たちのопоясания（ベルトとも腰巻とも訳せる）を作った」という意味になっている。

英語は、幾通りもの訳が入手できた。

...and they sewed fig leaves together and made themselves loin coverings. (New American Standard Bible)

...and they sewed fig leaves together, and made themselves aprons. (King James Version)

...and they sew fig leaves, and make to themselves girdles. (Young's Literal Translation)

...and they sewed fig leaves together and made themselves coverings. (New King James Version)

...and they sewed fig leaves together, and made themselves aprons. (American Standard Version)

...and they sewed fig leaves together, and made themselves things to gird about. (21st Century King James Version)

...and they sewed fig leaves together and made themselves apronlike girdles. (Amplified Bible)

So they strung fig leaves together around their hips to cover themselves. (New Living Translation)

いずれもイチジクの葉は複数形で、それを縫い合わせたという点では一致している（アダムとイヴを描いてきた歴代画家たちは聖書の記述を確認しなかったのか）。ただし、それで出来上がったものについては、単なるcoverings（覆うもの）、things to gird about（巻きつけるもの）から、loin coverings, around their hips to cover themselves（腰回りを覆うもの）、girdles（腰帯、ベルト）のように具体的に覆う箇所を腰と限定したものまで、翻訳者たちは意地でも他と同じ語を使うまいと頑張っている。もっともどれも腰巻的な、前部だけでなく臀部をも覆うものを想像させる中でaprons（エプロン）、apronlike girdles（エプロン風の腰帯）というのだけ、形態的に際立って異なる。前部だけを覆う前かけ型になるからだ。

腰回り全体をまるまる覆い隠すタイプを指す訳語が多いので、エプロンタイプというのは誤訳なのではないか、と思い込んでいた。

ところが、深作光貞による文字通りの名著に出会って、少数派の「エプロン」の方が正しい訳なのではと思い始めている。そもそも人類の衣服は、呪術的な目的でウエストに巻かれた紐から始まった、と地球各地に残る遺跡や現存する未開人の習俗から類推する深作は熱烈なエプロン派なのだ。

……原罪をおかしてから楽園追放になるまでの間、二人はずっとイチジクの葉のエプロンを手でおさえていたのか。もし、手を離すとしたら下腹をかくしているエプロンの上を紐で腰に取りつけねばなるまい。こうすると、その格好はまさに先ほど述べた紐衣に植物の葉をはさんで前に垂らしたニューギニアの成人式の青年の格好、あるいはアフリカのファリ族の娘のそれとなる。紐衣の前方だけに植物の葉を垂らしたアダムとイブということになろう。それはともかくとして、紐衣の前方になぜ植物の葉をはさみつるすかといえば、前述のとおり、聖なる葉で悪霊や邪気の侵入を防ぐための呪術的儀式である。

（『「衣」の文化人類学』ＰＨＰ研究所）

衣服の起源において深作もまた「恥」の存在を認めてはいない。「恥」は理由ではなく結果なのだ。それよりも何よりも、イチジクの葉を落っこちないようにしていたのが、糊でもセメダインでもセロテープでもなく、腰紐だったことが分かったのがとても嬉しい。そば屋のタケウチ君やノシイカ屋のリエコちゃんに是非とも知らせたいところだ。

15章　男の領分なのか。その1

「一期一会」という言葉を目にしたり耳にしたりする度に、思い出す光景がある。そして、その度に痛恨の思いに囚われる。何であれほど貴重な事態に遭遇しながら、写真を撮っておかなかったのか、メモをつけておかなかったのか。それより何より、せっかく受け取ったチラシをとっておかなかったのか……。

高校生のときのことだから、三五年ほども前になる。国鉄（当時）や西武線、東武線などが交叉する、東京は池袋駅の地下街を歩いていて、度肝を抜かれた。もともと池袋駅の地下街は東京駅や新宿駅などと較べてもはるかにワサワサと猥雑で、思春期の娘には刺激的すぎるポルノ映画のどぎついポスターを背負ったサンドイッチマンが行き来するようなところだから、もともとこちらも心の準備ができているのだが、そのときは、見たものが信じられなくて後ずさった。

中肉中背の小汚い、いやかなり不潔な髭ぼうぼうの中年男が、半裸で、チラシを配っていた。

「日本男児たるもの、褌を締めるべし」

と大書してあり、褌の効用と精神性を説く檄文が続き、文末に「日本褌党党首○○○○」とあり、その下に囲みがあって、○○○○の略歴まで記してあった。なぜか、「東京帝国大学卒」という文字が鮮やかな残像となってわが記憶の整理ダンスに仕舞い込まれている。きっと当時のわたしが受験生だったからだろう。

よく見ると、男は越中フンドシを締めていて、男の傍らにはのぼりのつもりなのか、竹竿に白い縦長の布切れがぶら下がっていて、ここにもまた、「日本褌党」と墨汁で黒々と大書してあった。

その後、池袋駅の地下街を通るたびに注意していたが、二度とその男にも、日本褌党関係者にも出会うことがなかった。ものを書くようになってからというもの、とくにこの連載を始める前あたりから精力的に各方面に当たっているのだが、その消息さえつかめない。

というわけで、未だあの男にもその同志（果たしていたのだろうか？）たちにも、再会できずにいるのだが、あの日本褌党の、「日本男児たるもの、褌を締めるべし」というスローガンに込められた考え方には、しばしば出会う。「義理と褌は欠かせない」

というポピュラーな諺の意味にしてからが、「男子が常に褌をつけているように、義理は一時たりとも欠いてはならない」と、どの慣用句辞典にも記してある。要するに、フンドシは男の身につけるべきものという考え方である。インターネットのフンドシ愛好者サイトやフンドシ普及サイトを覗いてみても、このスタンスを疑う者はいない。日本男児がフンドシに込める思いの強さには時折、タジタジとさせられる。

たとえば、熱烈なるフンドシ愛好者、越中文俊の著『褌ものがたり』(心交社)の副題には、「男の粋!」とあるし、帯には、「粋な男は褌を締めよ!」とある。また、男色を好んだ作家の三島由紀夫が、フンドシを愛用しフンドシ姿で割腹自殺をはかったのも、インターネットのゲイ・サイトでフンドシマニアが多いのも、おそらくフンドシに男らしさの頂点、男性性の象徴を認めているからと思われる。

男盛りが締める越中褌には日本男児の色気を感じます。

(「越中褌同好」http://www.alpha.dti2.ne.jp/~fundoshi/main.html,accessed 2002-09-05 傍線―引用者)

「おまえも俺も褌か!」という男同士の連帯感が不思議に生まれる。これはパンツには絶対にない。（中略）古来日本人はパンツなど常用していない。日本男児はやはり褌である。戦国時代の侍が、新選組が、勤皇の志士が、平手造酒が褌を締めていたのである！　それに想いをはせ、なにを彼らが考えていたかを想像してみるのも一考である。坂本竜馬が西郷隆盛の褌を借りようとした話は有名である。西郷さんの奥方が新しいのを用意しようとしたらしいがそれを断り西郷さんの使い古しを所望したらしい。GAYの話ではないが含蓄のあるシーンである。きっと竜馬は激動の世の中で思いを共にしたかったのだと私は確信する。
（「褌侍」http://plaza18.mbn.or.jp/~yoshiki/akaba/index.htm,accessed 2002-09-05 傍線―引用者）

一般的常識としても、日本の伝統的下ばきは、男はフンドシ、女はコシマキというふうに明確に棲み分けられてきた。試みに、手元の広辞苑を引いてみよう。

ふんどし【褌・犢鼻褌】（フミトオシ（踏通）の転という）①男子の陰部をおおい隠す布。たふさぎ。したおび。ふどし。〈日葡〉②ゆもじ。腰巻。
こし―まき【腰巻】①女性の服装の一。小袖の上に打掛《うちかけ》を着て帯を締め、肩を脱いで、腰のあたりに巻きつけたもの。室町時代、宮中の女房が、夏の祝儀に着用、武家では形式化されて、上臈が礼装に用い、江戸時代には将軍および三家・大名夫人の夏の礼装となった。能楽の女装束、また、その着装法として現代でも行われる。②女性が和服の下に腰から脚部にかけてまとう布帛。ゆもじ。けだし。おこし。　（広辞苑CD—ROM版第五版／傍線—引用者）

では、フンドシとコシマキの究極の相違は何か。前者は股を覆っているが、後者は覆っていないということに尽きる。

そして長きにわたって股を覆わないことを習性としていた日本の女たちは、西洋から流入した猿股の着用にずいぶん不快感と抵抗を示したようだ。鹿鳴館の舞踏会に出席した名流夫人たちも、ズロースにシュミーズにコルセットなど、フランスなどから輸入された下着一式を身につけるものの、「鹿鳴館から出て、家に帰れば、襦袢に腰巻を用いていた」（青木英夫『下着の文化史』雄山閣出版）というくらいである。「パンツの貞操保護機能は、一九世紀から喧伝《けんでん》されている。だが、ひろく着用されだしたのは、ようやく二〇世紀中葉になってからであった」と指摘する井上章一は、『パンツが見える。』（朝日新聞社）の「3　ズロースがきらわれたのは、どうしてか」

に、その女たちの抵抗の様を実に詳細に生き生きと紹介してくれている。よくぞここまでと感心感嘆するほどに、集められた当時の文学作品や記事などから、貞操を守り、保温に適し、外国人の目に恥ずかしくないようにズロースを着用させようとして当局がいかに啓蒙喧伝しようと、女たちが、「きゅうくつで、気持ちが悪いもの」として頑強に受け容れずにいたかが伝わってくる。彼女たちの声が聞こえてきそうなぐらい、どの例も傑作で全部紹介したいくらいなのだが、そういうわけにはいかないので、一つだけ、井上が劇作家の北条秀司の話を『随筆集演劇夜話』から紹介しているくだりを引用する。

（宝塚歌劇団の）はじめてのアメリカ公演にさいし、生徒たちへはサルマタが支給された。小林一三《いちぞう》社長からの餞別《せんべつ》であったという。訪米中はかならずはくようにと、同社長は命じていた。「が、それを穿いてみると窮屈で、気持わるくてしようがないので、誰も穿かなかった」

あっ、いやもう一つ。井上は、一九六〇年代後半にさしかかっても、昔気質の料亭女将《おかみ》が、「なれないせいかしら、どうにも気持ち悪くて……なんだかねえむずがゆくて」とパンツを斥けている言を、週刊誌の対談から見つけだしてきて紹介している。

一九六〇年代というと、すでに十代だったわたしとわたしの周囲では、女の下ばき＝パンツが、疑問を差し挟む余地など無いほどに当然な風景になっていたので、同じ時代、同じ文化圏に、まるきり異なる宗旨の人々が棲息していることを知って、この一文にはひとかたならぬ衝撃を受けた。父が越中フンドシ常用者だったおかげで、男の下ばきについては、パンツとフンドシの二通りの可能性を考えられたわたしの頭も、女の下ばきについては、コシマキというバージョンを完全に排除していたのだった。いかに思考力や想像力が狭い個人的な経験によって枠付けられてしまうのかを自分の身でもって思い知らされて戸惑いを覚えたのと同時に、ちょっとした疑問が芽生えたのだった。

それほどまでに股を覆うことを不快がり抵抗する女たちは、いったい、あのときはどうしていたのだろうか、と。まさか、股を覆わずに過ごせたのだろうか、と。

月経への対処法としては、三通り考えられる。一、他の哺乳類のメスのように、何も手当せずに自然のまま血が滴るのを放置する。二、局部に血液を吸収する素材から出来たものをあてがう（ナプキン式）。三、膣の内部に血流を防ぎ、血液を吸い込むような栓をする（タンポン式）。

二の方法をとる限り、あてがうナプキン的なものが落ちないように支えるというか、押しとどめるべき手段が不可欠である。それは、フンドシ的なものであるにせよ、サルマタ的なものであるにせよ、股を覆う形になるのではないか。

股を覆うことをかくも嫌った日本の女たちは、すると、二の方法は避けて、一あるいは三の方法に頼ったのだろうか。三のタンポンについては、その存在についてわたしと同世代の女たちが知ったのは、一九六〇年代の末であった。商品化されてテレビCMにも登場したのがきっかけだ。これを、コシマキ時代の日本の女たちが知っていたのだろうか。

ところで、一九六一年に大々的な宣伝とともに商品化された月経用ナプキンの商品名を「アンネ」とした坂井泰子《よしこ》という女実業家のおかげで、日本において『アンネの日記』は月経について触れた箇所のある最も有名な文学作品になってしまい、また著者のアンネは月経の代名詞にまでなってしまった。

ユダヤ人の少女アンネ・フランクは、ナチスドイツ占領下のオランダで一三歳から一五歳までの多感な二年余にわたる時期を、家族ともう一つのユダヤ人一家、それに一人のユダヤ人医師とともに隠れ家に閉じこもって暮らすことを余儀なくされた。ナチスによる迫害を逃れるために、アムステルダムの父の事務所の一角に設けられた避難所で、外部の支援者の協力のもと、密告によって秘密警察に逮捕されるまでの時期を過している。その間、すなわち一九四二年六月一二日から四四年八月一日まで日記を書き続けていた。逮捕されて半年後、ベルゲン＝ベルゼン強制収容所でチフスに罹り落命している。逮捕を免れた協力者の一人が日記を戦後まで保管し、隠れ家の住人でただ一人生き残り強制収容所から帰ってきたアンネの父が、娘の日記を世に出すや、たちまち世界各国語に翻訳出版されて、今に至るも多くの人々の心をとらえ続けている。

隠れ家での日常と人間関係、自分の心の動きを詳細に記録していて、その率直さと描写力、豊かな感情と冷静な自己分析には驚かされる。思春期の少女らしく性についても記している。しかし、一九四七年の発表当時は、性についてあからさまに記すことは珍しく、少年少女を対象読者にしていることも慮って、ずいぶん省略したり、ぼかしたりした箇所があったようだ。一〇年ほど前に、この省略やぼかしを排した完全版が出たので、改めて目を通した。月経に関する記述は都合六カ所あった。初めて読んだ時は、そのありのままに己の身体と心の変調を綴る姿に衝撃を受けたものだが、今回、感心したのは、別のことである。

だいじなニュースをお伝えするのを忘れていました。もうじき初潮があるかもしれないってことです。ここしばらく、パンツにねばねばしたものがついているのできがついたんだけど、そしたらママが話してくれました。とっても重要なことらしいので、始まるのが待ち遠しくてなりません。ただ一つ困るのは、生理帯が使えないということ。いまではもう手にはいりませんし、かといって、ママの使っているような小さな栓みたいなのは、赤ちゃんを産んだことのあるひとにしか使えませんから。（深町眞理子訳『アンネの日記　完全版』文春文庫／傍線―引用者）

この「栓」とは、おそらくタンポンのようなもので、当時のオランダで、いやアンネ・フランクの一家が一九三三年にナチスに席巻されたドイツから移住してきたことを考えるならば、ヨーロッパでは、経産婦はタンポンを用いることがかなり一般的だったことを物語っている。ちなみに一九三三年に、アメリカでアプリケータ式のタンポンが、タンパックス社から発売されているのだ。

16章　男の領分なのか。その2

一九三〇年代のヨーロッパでは、経産婦によるタンポン使用がかなり一般的であり、アメリカ・タンパックス社による商品化もあったようだが、では、わが日本ではどうだったのか。岡山大学医学部教授で母性看護学の専門家、小野清美は、「ズロースをはかない大正時代」から昭和の初めの頃の事情を次のように記している。

……大正七年頃の『主婦之友』に載った女医の井出茂代の書いた「月経の手当を過って難病となった人」という記事によれば、百人中九十九人までが硬い紙や古い綿などをタンポン式に使用し、これらのものを使っていると感染症を引き起こすので、使用するに当たっての注意を促している。現実にはかなりの女性たちがタンポンとして種々のものを詰めていたことがわかる。

さらに、脱脂綿もあながち安全とはいえないので、蒸し器に入れて十五分間蒸気を通して使用するほうが好ましいと書かれている。もっと驚くことには、良家のお嬢さんが脱脂綿や紙の刺激によって処女膜が自然に破れ、結婚後良人から処女を疑われたというあきれた事例も紹介され、いかにタンポン式を防止しようとしたかがうかがわれる。現在でもタンポン使用者は一〇％ぐらいにとどまっているのは、このような徹底したタンポン排斥の歴史と無関係ではないのかもしれない。

しかし、タンポン式は昔から避妊の目的で行なわれ、詰め物をするのは決して珍しいことではなかったはずなのである。（中略）

……タンポンは古くから綿を利用しているのが一般的だったのである。それが近代の衛生教育によって、タンポン式ははなはだ不衛生的なものとして排除されてしまったのである。（中略）

……特許は、大正四年に「ニシタンポン」、実用新案は大正三年に「清潔球」として初めて登録されている。（中略）

その後も、医療用としてタンポンは何種類か登録されているが、近代的な衛生感覚の経血処理品としては昭和十三年に「さんぽん」というタンポンが発売された。（中略）

この製品は、十二個四十五銭で「奥さま　毎月の衛生に」というキャッチフレーズで発売された。この広告の文面からみる限り、脱脂綿よりも清潔でよいという点を強調している。実際には昭和のこの頃もまだ、不潔な紙やボロ布などをタンポン式に利用していた人たちが多くいたことがわかり、その解消を狙った特許・新案であったことがうかがえる。

（『アンネナプキンの社会史』宝島社文庫／傍線―引用者）

小野清美はまた、群馬県出身の明治二五年生まれのお婆さんの、絹糸引きの奉公に出た少女時代の体験を紹介している。彼女は、一七歳で初潮を迎える。

……月経になるといつもより便所に行く回数が増え、工場の人に月経だとわかる。そこで布の玉を芯に脱脂綿をくるみ、膣の奥に一つと入り口に一つ入れ、二連球にして詰めたという。

そんなことをしているのは自分だけだろうと思っていた。ところが、あるとき銭湯に行ったら、流し場の排水溝の金網の上に飴玉を少し大きくしたくらいの丸めた綿がいくつも転がっているのを見つけた。

（前掲書／傍線―引用者）

というように、商品化された生理用品が行き渡った現在よりも、戦前の方が、膣の内部に血流を防ぎ、血液を吸い込むような栓をするというタンポン式の月経処理方法に頼る女性が多かったようである。しかも、「そんなことをしているのは自分だけだろうと思っていた」という元紡績女工の回想から察するに、必要に迫られて自然発生的に、血流の元を塞ぐというアイディアが浮かんだようだ。

同じ小野清美が監修した『生理用品の歴史』(株式会社花王の生理用品ロリエのインターネット・サイトに掲載／傍線―引用者)では、すでに古代において、日本では、「植物や海綿をタンポン式に利用。あるいは、枯れ草を敷いて月経が終わるまで座り、その草はあとで燃やしていました」と記してある。つまり、前章で月経処理方法として三通りに分類したうちの、三(タンポン式)と一(自然のまま血が滴るのを放置する)に近いバージョンが考えられる。

文化人類学者の深作光貞は、世界各地の人々の文化は、生理の血をどう受け止めるかによって、三系統に分類されるとしている。

(a)　血は血であるので、かなり畏れ忌む文化

(b) 畏れないまでも、気にする文化

(c) 周期的なものなので、傷口からの血とは区別し、比較的気にとめない文化の、三系列がある。(中略)

昔の日本は、(a)の「かなり畏れ忌む文化」に属した。なにしろ「赤不浄」という言葉もあったし、「月小屋」という特別の小屋がつくられ、生理期間中の女性は、血の忌みから愛する家族と離れて、この小屋にこもらなければならなかった。それればかりでない。月事を「赤火」というところも多く、血と火とが関係づけられて考えられたので、同じカマドの火で煮炊きした食物を、生理期間中の女性が家族とともに食べることを忌み嫌う地方すら多かった。だから、こうした地方の女性たちは、生理期間中〝別火〟で、鍋・釜も家族とは別にして煮炊きし、同じ生理期間中の女性たちと、月小屋にこもって暮したわけである。

(『「衣」の文化人類学』PHP研究所)

先ほどの、「枯れ草を敷いて月経が終わるまで座」るという方式は、おそらくこの月小屋内でのことと思われる。

ところが、小野清美も指摘している通り、わが国最古の歴史書『古事記』に登場する月経にまつわる記述を読む限り、とてもおおらかで、月経を「畏れる」気配も「忌む」気配も感じられないのだ。

たとえば、ヤマトタケルノミコトが尾張の国の婚約者ミヤズヒメのもとへ立ち寄ったときのことが次のように書かれている。

……ミヤズヒメは、ヤマトタケルが事もなく戻ったことを喜び、宴を催しての、みずから酒杯を捧げて奉ったのじゃ。

その時、ミヤズヒメは月の障《さわ》りに当たっておっての、身につけておった上衣《うわごろも》の裾《すそ》に、障りの血が付いておった。その月の障りのしるしを目ざとく見つけたヤマトタケルは、歌を歌《うと》うた。

遠いかなたの　天《あめ》の香具山
その上を啼き声響かせ　飛び渡るクグヒ
その首のごとくか細く　しなやかな腕を
巻き寝ようと　われはすれども
共寝しようと　われは思うけれども

お前の着ている　上衣の裾《すそ》に
月が立ってしまったことよ

すると、その歌に答えてミヤズヒメも歌うたのじゃ。

高くかがやく　日の御子さまよ
八つの隅まで統《す》べる　わが大君よ
あらたな　年が来て過ぎゆけば
あらたな　月が来て過ぎてゆく
まことにまことに　あなた様を待ちかねて
わが着たる　上衣《うわごろも》の裾《すそ》に
月は立ったのでございましょう

それで、日を経て月が去るのを待って二人は結ばれ、まぐおうたのじゃった。

（三浦佑之訳・注釈『口語訳　古事記［完全版］』文藝春秋／傍線―引用者）

と、これを読む限り、月の障りのしるし、つまり血が上衣に付いているのを、ミヤズヒメは少しも恥ずかしがっている様子はない。ごく当たり前のこととしてヤマトタケルもミヤズヒメも受け止めて歌にまでしているぐらいなのだ。

そして小野清美は、深作光貞とは正反対のことを述べている。

……古来わが国では血には〝霊〟が宿っており、出血するとその〝霊〟が体外に出ていくから死んでしまうのだと考えられていた。

だから、日本では月経は蘇生というよりも、死と重ね合わせてみられた。しかし、一方で血を流す女（月経中の女）が死なないということで月経は、神のみがなせる神秘の出来事としていっそう神聖視されたのである。たとえば月経中の女が槻《つき》の木の内側に造られた特別な小屋（槻屋《つきや》）に籠もっていたのは、たんなる隔離ではなくて、祀りごとをしてそこで神を迎えることが月経中の女に課せられていたからなのである。しかし、それも後代になって入ってくる仏教によって、人々に強い死の穢れ（死穢）に対する忌避観が植えつけられると、槻屋籠もりは不浄な女性の隔離という位置づけに転化していく。

（『アンネナプキンの社会史』宝島社文庫／傍線―引用者）

要するに、小野清美によれば、日本は古来、(c)（比較的気にとめない文化）だったのが、仏教的世界観の流入によって、(a)（かなり畏れ忌む文化〈深作光貞の分類に従った〉）の仲間入りをしたのではないか、というのだ。

ミヤズヒメの月経対処法は、前章で分類した三通りのバージョンのうちの一（他の哺乳類のメスのように、何も手当せずに自然のまま血が滴るのを放置する）だった可能性さえある。

では、現在の日本女性にもっともなじみのある二（局部に血液を吸収する素材をあてがうナプキン式）はどうなのか、というと、同じ古事記の中に、「タフサギ」と呼ばれるフンドシが登場している。ナプキン的なものをあてがうには、それを固定するためにフンドシ的なものがどうしても必要になる。

人類の衣服は、そもそも紐衣を起源とするという立場の深作光貞は、フンドシもまた紐衣から始まると考えていて、それも二通りある、としている。

……紐衣からつるし下げ飾る布を、ぶらぶら下げるだけでなく、股間をとおしてしばったことから、ふんどしは生まれた。その場合、前後あるいは前面だけに、紐衣のときと同じようにエプロン状に飾りを下げる場合もあるし、川や海にもぐったり激しい活動をしやすいように、飾りなしの実際的ふんどしをつけるようになる場合もある。もう一つは、女性のふんどしである。女性には男性にない生理がある。そこで、紐衣からさげる布を利用して、生理中につける生理帯としてのふんどしがおこった。

このように、男性のふんどしと女性のふんどしを並べてみると、女性の方が、むしろ男性よりもふんどしを生理的に必要とした、ともいえるであろう。

（『「衣」の文化人類学』ＰＨＰ研究所／傍線—引用者）

深作は、また、古来、日本語に、フンドシを表す語が極めて多く、それが股間を覆わない腰布をも指していることがあること、ふんどしに当てられる「褌」という漢字が「袴」（ズボン、パンツと親戚—米原）を意味することもあったこと、このような言葉の「混乱」に注目して、これを次のように解釈している。

……古代には、腰布も袴もふんどしもあった、と考えるとわかりやすくなる。

これをまた、袴や腰布の北方騎馬民族系の〝衣〟の文化と、腰布やふんどしの南方民族の〝衣〟の文化との交流と、考えてもよかろう。つまり、男はふんどし・女は腰巻ということではなく、男でもふんどしをつけずに袴や腰巻をしていた文化と、女でもふんどしをしていた文化の双方が、入りまじっていたということである。（中略）水中にもぐる海女がモッコ型ふんどしを次第に廃止して腰布をまとい、人前で素肌を見せるのを慎しみのないことと軽蔑していた大陸北方出身の子孫の男たちもやがてふんどしをするようになり、長い長い歴史を経てやっと、男はふんどし・女は腰巻という統一的パターンが、日本で形成されたわけである。ただし、（中略）女性のふんどしが決して消え失せたわけでもない。普通のときは腰巻をし、生理中は生理帯としてのふんどしを人目にふれずに使用していたからである。

（前掲書／傍線―引用者）

17章　男の領分なのか。その3

わたしが初潮を迎えたのは一一歳のときで、その前から母は準備をしてくれていた。一家はチェコスロバキアのプラハに滞在していたので、母が用意してくれた生理用品一式は、チェコのドラッグストアーで売られているものと、日本から取り寄せたものの二通り。

日本から取り寄せたものは、内側がゴムコーティングされたナイロン製で、ひどく蒸れるのと、ナプキンがしばしばずれるという欠点を持っていた。チェコ製の一式は、この二つの欠点を見事に克服した優れものだった。その後四〇年間にわたってわたしがお世話になった実に様々な生理用品をランク付けするならば、最高位、ナンバー・ワンを授与してもいい、と気付いたのは、時遅し、チェコスロバキアがビロード革命を成し遂げてからのことである。一九九〇年以降ほぼ二年に一度はプラハを訪問しているわたしは、そのたびに、探し回るのだが、未だ再会果たせず。自由化されたチェ

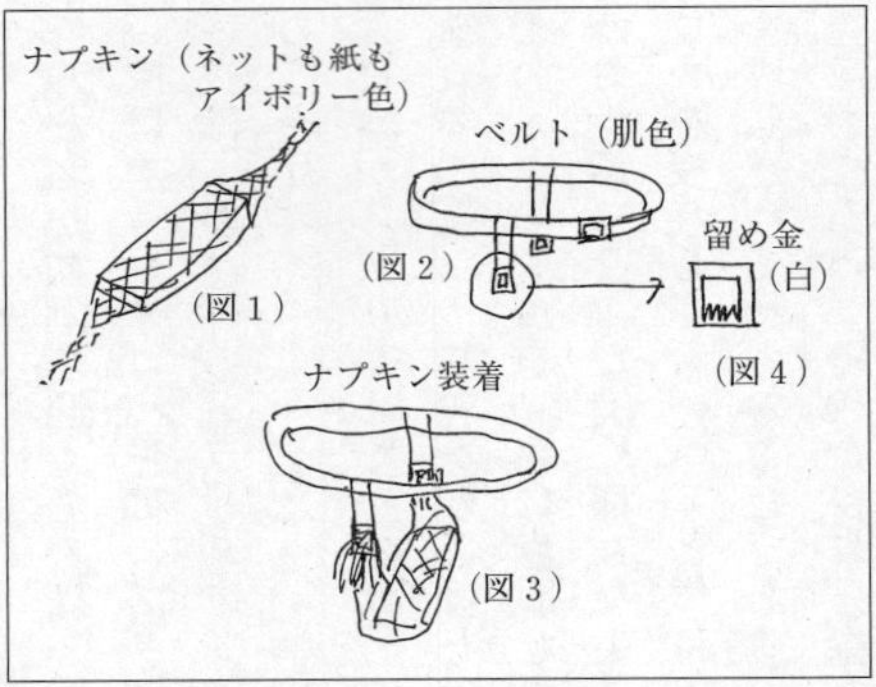

コの生理用品は、たちまち世界資本主義標準に右へ倣えしてしまった。

というわけで、その幻の生理用品を下手な図と文章で表現してみる。それは、ナプキンとナプキンを固定するベルトから成っていた。ナプキンは、吸収性の高い紙を厚み一・五センチぐらいに幾重にも重ねて八センチ×二〇センチぐらいの長方形にカットしたものを、かなり伸縮性のある細糸で編んだネット状の筒に入れてある。ネット状の筒の両端は二〇センチぐらいずつ余分にはみ出ている。このナプキンは使い捨て（図1）。

ベルトは、文化人類学者の深作光貞が『「衣」の文化人類学』で述べている紐衣を彷彿とさせる極めて単純明快な構造をしている。ウエストまわりを締めるバイアス織りのテープというか細帯。その細帯の二カ所、前と後ろに長さ一〇センチぐらいの同じ素材のテープとテープが垂れ下がっている。テープの先端にはプラスチック製の留め金がついている。靴下止め用のガードルをイメージしてほしい。ガードルからは靴下止め用の留め金がついたテープが四本垂れているものだが、それが四本ではなく二本なのだ（図2）。この前後の留め金にナプキンをくるむネット状の筒の先端を引っかけるのである（図3）。だから留め金は、靴下の留め金と違って、ロの字型の内側下辺がのこぎりの歯のようなギザギザの形状をしている（図4）。

図3で一目瞭然のように、ナプキンを装着したベルトは、フンドシの姉妹ともいうべき姿形をしているのである。

わたしが、このように執念深く、男よりも女こそフンドシを必要としたのでは、という主張に与《くみ》するのは、この思春期の記憶が作用しているに違いない。

実際に、ギリシャ、ローマ時代の女たちは、生理時、フンドシによく似たT字帯を布や羊の皮で編んで着用していた。日本でも平安時代の庶民の女たちは、腰裳を腰巻状に巻き付けていたが、「労働するときやメンスのときは、うしろの裾を股下から前へ引き上げて、パンツ状にするが、普段は垂らしている」（樋口清之『性と日本人』講談社／傍線―引用者）ようだし、江戸時代の女性は生理時「お馬」と呼ばれる越中フンドシを着用していた。以上は、『アンネナプキンの社会史』（宝島社文庫）からの受け売りなのだが、この本の中で、著者の小野清美自身が、老人ホームの協力を得て、明治生まれのお年寄りたちに聞き取り調査をしたところ、彼女たちにこの伝説は脈々と受け継がれていた。

明治生まれの女性たちは月経帯を「お馬」と呼び、晒しで男の越中褌のような形のもの、つまり今のお産のときに使っているT字帯を各自で作り、それを使っていたことがわかった。（中略）

母親や姉などから教わる「お馬」の縫い方や洗濯方法や取り扱い方は、女の節度として学び伝えられ、忠実に守られ続けた。

さて、わたしはその後仕事がらみで幾度もソ連を訪れることになるが、常に物不足の国だったので、いつもトイレット・ペーパーと同じく、生理用ナプキンは持参していた。しかし、駆け出しのロシア語通訳だった一九七八年頃、たまたま滞在が延びたことがあって、足りなくなり、モスクワの薬局や雑貨屋で生理用ナプキンを探し回ったのだが、見あたらず、店員たちに話を通じさせるのにひどく苦労したことがあった。商品名が分からないので、「月経のときにあてがうナプキン」と説明しても彼らは首を傾げるばかりであった。

その半年後、ロシア語通訳の仕事だけでは食べていけなくて、旅行添乗員をしたとき、シベリアのイルクーツク市でわたしのグループのお客さんが急性疾患にかかり現地の病院に一カ月間入院することになり、わたしはグループとともに帰国し、彼女は現地のガイドに任せ、一カ月後に同じ旅行社からやってくる別なグループの添乗員が彼女を連れ帰ることになった。別れ際になって、彼女は泣き出しそうな顔になってわたしにしがみついてきた。

「日本から持って来た生理用ナプキンが底をついてしまう。米原さんがいるうちに買い求めておきたい」

病院の売店には見あたらず、それどころかまたしても、店員に首を傾げられる始末で、仕方なく担当看護婦に尋ねてみた。すると、彼女は飛び上がって何度も尋ね返してきた。

「えっ、そんな便利なもの、日本では売っているの?!」

それで、初めて知ったのである。ソ連には、商品化された生理用ナプキンなど存在しないことを。脱脂綿やボロ切れをあてがっていることを。プラハのソビエト学校のロシア人同窓生の誰一人からもうかがい知れなかったことである。彼女たちは当たり前のようにチェコ製の生理用品を使用していたので。

このことを思い出したのは、ロンドンの語学学校に遊学中の有本恵子さんを拐《かどわ》かして北朝鮮に送り込んだ八尾恵《やおめぐみ》という女性が書いた懺悔本を読んだから。高校卒業後、何となく社会への不満を抱いていた彼女は、主体《チュチェ》思想研究会に誘われ、ちょっとした留学のつもりで訪れた北朝鮮で、そのまま「招待所」なるところで軟禁状態におかれて洗脳教育をされ、「よど号」グループの一人と半ば強制的に結婚させられ二児をもうける。「招待所」での、そして「よど号」グループの「日本革命村」なるところでの生活ぶりが具体的に詳細に綴られているところが面白い。北朝鮮当局から破格の厚遇を受けているのだが、それでも欠落しているものがあった。

生活で困ったのは生理用品でした。北朝鮮には日本のように生理用ナプキンがありませんでした。オモニが私のために脱脂綿を持って来てくれて、脱脂綿をトイレットペーパーで巻いて使っていたこともあります。言いにくかったのですが、後になって指導員に頼んで日本製の生理用品を持って来てもらいました。後に、「よど号」グループと合流し一緒に住むようになってからは、何遍も洗って使える目の粗いガーゼをナプキン用に使うため二つ折りにしてミシンで縫ってたたんで利用しました。

（『謝罪します』文藝春秋／傍線─引用者）

わざわざ日本から取り寄せていたというのだから、商品化された生理用品は北朝鮮には無いのだろう。いや、北朝鮮に限らず、現在の世界で、商品化された使い捨てのナプキンを使える女性の方が圧倒的な少数派なのだ。

日本だって、つい半世紀ほど前までは、「ほとんどの女性が、ぼろ綿・ぼろ布などで用を弁じていた」（「わがアイデア母さん」エッセイ集『わが人生の時刻表』集英社文庫、所収）のであると、井上ひさしが書くのは、寡婦で薬局を経営していたその母上マスさん（一九〇八〜九一）が敗戦直後の一九四六年、「マス子バンド」なる月経帯と月経ナプキンを創案・販売して戦後の物不足時代に大儲けをしたからである。

家の近くに小さな沼があり、ここには柔かい藻草が生茂していた。私には、母が何のためにその藻草を必要とするのかわからなかったが、よく藻草を刈り取ってくるようにいいつかったものだった。母はその藻草を何遍も水でよく洗い、陽に干した。乾いた藻草はどういうわけか更に柔かくなり、嗅ぐとかすかに水臭かったが、決して不快な匂いではなかったように思う。藻草が完全に乾くと母は、鼻紙で五センチ四方ほどの袋を作り、その袋の中に藻草をつめた。これを何十となくこしらえ簞笥の底へ仕舞いこむ。いま考えれば、これはなんとかナプキンに相違はないのだが、そのころの私には女体の神秘的な月単位の営為について片々たる知識もなく、ただ小遣いほしさにせっせと藻草を刈りに出かけた。

やがてこの藻草刈りはほとんど毎日の仕事になって行ったが、これは隣の奥さん、向いの娘、中学校の女子《おなご》先生と、その評判や使いよさを伝え聞き、わけて欲しい、譲って欲しいと、母の薬局へやってくる女性が多くなった為だった。そしてある日、その性能に自信を持った母はついに店頭に大きな貼紙をした。曰く「飛んでも跳ねても大丈夫。マス子バンド有〼」。

油紙でこしらえた（今考えるとブリーフとよく似た）下着みたいなものに、鼻紙に包んだ藻草が五個ついて一組。一組いくらだったかは忘れたが、原料は沼の藻草と薬局ならどこにでもある油紙、たいした値段ではなかったことはたしかである。また、たいした値段ではなかったから、驚くほどよく売れた。

（前掲書／傍線―引用者）

井上ひさし自身に直接伺ったところ、マスさんは薬局と併せて文房具屋もやっていて、品不足を見越して大量の和紙と硫酸紙を買い占めていたそうだ。「油紙」というのは、硫酸紙のことで、近くに所在した陸軍技術研究所の発明である。野戦用に使い捨ての紙製鍋を作ろうとしていたのが失敗して大量に硫酸紙が余ったのをマスさんが買い入れていたらしい。煮炊き用の紙鍋を作ろうとしたぐらいだから、丈夫な紙で、これで使い捨ての生理用パンツを縫製していたというのだ。一生理期間（三日〜七日）は持ちこたえるほどの丈夫さだった。今にいたるも使い捨てのナプキンは世間に流布しているが、使い捨ての生理用パンツは聞いたことがない。思えば、これは大変便利だし、素晴らしい発明ではないか。

……刈れど作れど間に合わず、専門の刈り師を数名ほど常雇いし、わが家の茶の間にはミシンが並び、近所のおかみさん方がにわか縫製工。（前掲書）

町には大勢の縁故疎開者夫人や戦争未亡人がいて働き手があった。家の中に四台のミシンを並べ、第一グループはパンツを縫っていった。別のグループは和紙の袋を作り、中へ藻を入れて袋を糊で貼っていた。売り上げは、スゴイ！　の一言で、近くの軍需工場や女学生の勤労工場がまとめて買い上げたということだ。二年後の春、マスさんは、マス子バンド製造を廃業。硫酸紙が古くなって使い物にならなくなったため、またもっと有利な米の闇卸し業へ転じたためである。

このぼろから脱脂綿の過渡期にぼろ儲けした母は、そのまま創意工夫を怠らなければ、ひょっとしたらつづいて「マス子ナプキン」かなんかを思いつき（依怙《えこ》贔屓《ひいき》するつもりはないがこの藻草綿バンドからなんとかナプキンまでは指呼の間《かん》、もう一歩、あと一歩だ）いまごろは天晴れ女実業家、ナプキン業界の雄、というか雌というか、とにかく然るべくおさまりかえって居ることが出来ただろうが……。

（前掲書）

おかげで井上ひさしはひどい目にあったそうだ。学校でさんざん「べっちょ当てのひさし」と囃されて。べっちょとは、方言で、意味は×××。

というわけで、フンドシのみならずパンツに対する必要性も、男より女の方により強くあったはずなのである。そして必要は発明の母なのである。

18章　NKVDの制服からハーレム・パンツまで

KGB（国家安全委員会　一九五四年～九一年）の前身は、NKVD（内務人民委員部　一九一七年～一九五四年）といって、スターリンによる大量粛清の執行役を果たした弾圧機関。「泣く子も黙る」なんて生やさしいものではない、恐怖政治の総元締みたいなものだった。そのNKVD傘下の政治警察GPU（国家政治保安部　一九二二年創設、翌年OGPUと改名）の制服に関する資料を読んでいて、いやに頻繁に登場するある単語にちょっとした違和感を抱いた。

一九二〇年九月一七日、労働と防衛評議会が採択した制令によって、チェーカー（非常事態委員会＝GPUの前身）スタッフ全員を赤軍の軍人に等しいステータスを有するものと定めた。しかし、GPUスタッフの制服が初めて制定されるのは、一九二二年から一九二三年にかけてのことである。（中略）

GPUの司令部スタッフおよび監獄勤務スタッフの制服は、一九二二年八月三〇日付け制令第一九二号に基づいて定められた。前者のそれは、上着の詰め襟とシャロワールが濃紺、襟章が赤、濃紺地の制帽に赤いキャップバンド、襟にKGPU（K＝司令部の略）のロゴ、後者のそれは、晴れ着は前者と同じ、日常着は、上着の詰め襟とシャロワールが黒、蓋無しポケット、襟と前合わせ部分、袖ぐりに赤い縁取り、黒地の制帽に赤い縁取りと赤いキャップバンド。

一九二三年五月二一日付け制令第二〇七号により、GPU管轄下の北部ラーゲリに勤務するスタッフのための特別な制服が制定された。濃紺の外套、襟章と襟の縁取りは赤。濃紺の詰め襟上着とシャロワール、赤い縁取り付き。濃紺の制帽に赤い縁取りと赤いキャップバンド。外套の襟と詰め襟の襟にUSLGPUのロゴ。（V・クリコフ『GPU―OGPU、一九二二―一九三四』一九九一年／傍線およびカッコ内記述―引用者）

もしや、と閃いて、赤軍の制服、民警の制服に関する資料を調べると、果たして、いずれも下半身はズボンではなくシャロワールをはいていたことが判明した。シャロワールはキリール文字でшаровары と記す。ローマ字に転ずると sharovary。

なぜ違和感を抱いたのかというと、コザックダンスの時にルパシカの下に着用する衣装として、学生時代に民族舞踊研究会の座長をしていたわたしは一晩に一着も縫ったことがあるほどに、馴染みの代物で、ひどく締まらない間抜けな形状（図1）をしているからだ。赤軍や政治警察の厳めしいイメージとどうもそぐわない。泣く子も笑い出してしまいそう。膝まで届くブーツを着用しているので、からくも威厳を保っていたのではないか。

ご存じのように、コザックダンスは下半身の動きがむやみやたらに激しい踊りである。それを可能にするべく、生地をたっぷり使うのだが、作り方は、一晩に一着縫うのが可能なぐらいに極めて単純なのだ。図2〜6に示すとおりである。

コザックダンスだけでなく、バレエ『バフチサライの泉』に出てくる「韃靼人の踊り」の韃靼（タタール）人も、キプチャク汗国の分家クリミヤ汗国のギレイ汗も、その宮廷のハーレムの美女たちも、宦官たちも、皆シャロワールを身につけていた。いやいや、そう言えば、インド舞踊の衣装を縫ったときも、西域地方のフェルガナ舞踊の衣装を縫ったときも、男性用、女性用、いずれも正に図2〜6に示された縫い方で作成したものである。

もちろん、舞踊の民族衣装の原型は、元々舞踊のためのものではなく、かつて普通の日常着として身につけていたものである。そして、旧ソ連圏の人々がシャロワールを身につけていたのだろうことは、図鑑や博物館に陳列されたそれぞれの民族衣装だけでなく、絵画や小説の挿絵で確認できる。今もサマルカンドやブハラやタシケントなど中央アジア諸都市のバザールを訪れると、シャロワール姿の男女をよく見かける。いや、旧ソ連圏にとどまらない。サン゠テグジュペリの『星の王子さま』に、新しく星を発見したトルコの学者が民族服で発表したら無視され、西欧式背広姿で同じ発表をしたらすんなり認められたという話が出てくるが、挿絵に描かれたその民族服も下半身はシャロワールだったし、『アラビアン・ナイト』の挿絵でも、登場人物たちは絶世の美女や美男も魔神もみなシャロワール姿なのだ。シャロワールはユーラシア大陸全域を覆い尽くす勢いである、と思っていたら、一九七〇年代にアラブ世界に生きる人々の暮らしとものの見方をフィールドワークして生き生きとしたリポートにまとめた本に次のような記述を発見。

……アラブの場合は、西欧からの輸入スタイルではなく、アラビアふう衣服である。タウブとよばれるゆったりしたもので、一部を除いて町でも沙漠でもこれを着る。（中略）

図1　ウエスト廻りの紐には、財布をひっかけて内側（身体側）にぶら下げるようになっている。

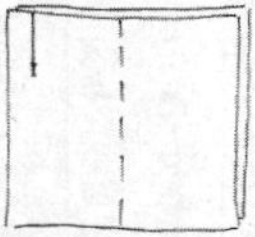

図2　幅 110～115 センチ、長さ 115 センチ以上（身長に応じて調節）の生地を2枚合わせる。

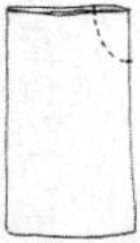

図3　2枚の生地を真ん中で折ってたたむ。その折り目に沿って上から 15 センチのポイント、折り目から上端 10 センチのポイントをなだらかな弧でつなぐ。

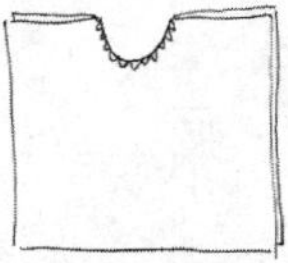

図4　その部分を切り取り、切取線に沿って2枚の生地を縫い合わせる。

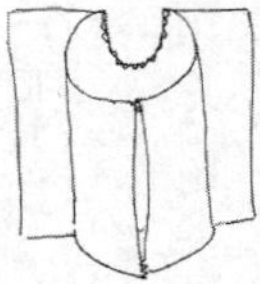

図5　それぞれの生地の左右を縫い合わせる。

図6　点線部分を筒状に縫い合わせて、そこに紐を通す。

町のアラブも沙漠のアラブも、家の中ではフータとよばれる輪になったスカート状のものを腰から下に巻きつけてくつろぐことが多い。これはおそらく東南アジア、ジャワあたりから海路、香料の道を通ってアラビア半島南部、イエーメンあたりに上陸し、さらに北上してアラビア全土に伝わった衣服ではないかと推測される。腰まわりの二倍くらいの円柱形の輪の中に下半身を入れ、左、右にぴんと張り、余った分を折りかえして、様式にしたがって器用に腰のまわりへたくしこむ。上半身は、ファニッラとよばれるTシャツである。(中略)

……ベドウィンも、町のアラブも、外に出かける時は、フータは脱ぎ、ファニッラの上に、さきに述べたタウブを着る。

フータを着る時には、パンツは、はかないことが多いが、タウブの下には、スルワールとよばれるステテコ風の下ばきをはく。野良仕事をする時は、タウブのすそをたくしあげることもある。

子どもは、この下ばきをはかない。オールドファッションの円形ロングスカート、ウドニィヤを着る老人たちも、いわゆる猿股をはかない。もともとベドウィンは、みな下ばきをはかなかったという。

ジッダの有力紙に勤めているイブラヒームは一四歳くらいまでベドウィン生活

をしていたが、羊を追うのに使っていた長いなつめやしの鞭をペンに持ちかえて、今やドイツ駐在特派員の経歴をもつベテラン記者である。この青年記者が少年時代に、未亡人になった母親と町に出てきたとき、まず、いやだったのは、下ばきをはけと言われたことだったという。下ばきはどうも町の文化だったらしい。（片倉もとこ『アラビア・ノート』ちくま学芸文庫／傍線―引用者）

右は男性の衣服について記したくだりだが、ここに出てくるスルワールなる下ばきは、女性も着用していたようだ。

上半身のスダイリーヤ（ガーゼでできたブラウス兼ブラジャー）に対して、下には、スルワールとよばれるもんぺのようなものをはく。長さ六〇センチ、幅一五センチほどの白い帯をおへその上ぐらいからたらして、股のあたりをかくす。このたれ帯はダッカとよばれ、この名をきくと、セックスを連想して、にやけた顔をする男たちもいる。スルワールの腰ひもは、容易にとけぬくらい、きつく結ぶのが女のみだしなみとされている。（前掲書／カッコ内記述および傍線―引用者）

アラブ世界で今も男女が身につけるこのスルワール、シャロワールと語感がよく似ている。おそらく、日本の大方の辞書辞典類ではシャルワールとして紹介されているもののことと思われる。アラビア文化圏の伝統的脚衣を指すペルシャ語のシャルワールが各国語に借用された際に訛ってしまったのだろう。

シャルワール　shalwār［ペルシア］　北アフリカからトルコ、イラン、中央アジア、パキスタン、インド、アフガニスタンまでイスラム文化圏で男女ともに着用するズボンをいう。胴回りが二〜六mと広く、足首までをおおう長さをもつが、股下の短いのが特徴である。古代ペルシア時代からあるといわれ、預言者ムハンマドも着ていたとか、後のオスマン帝国のスルタンが女性の純潔を保つにふさわしいとしてすすめたなどの説がある。もとの形は横長の袋状で裾の両端に足首が出るだけの穴を開け、胴回りに通したひもを絞って着用した。その後、気候、風土の相違や各民族の間で形が変化し、多様なシャルワールが生まれた。股下が深く、襠《まち》がついて四角のものから三角形になり、西欧風のズボンに近づいたものもある。胴回りがゆるやかなので、床にすわったりロバに乗る時にも動きやすく機能的で、そのため何世紀もの間、兵士たちにも着用されていたという。寒い時には中に木の葉やぼろくずを詰めて暖かくした。上衣には七分丈のカミーズや、カフタンを着用する。素材は麻、木綿、薄手のウールで晴着には絹も使う。一九七〇年代後半からパリ・モードにも取り上げられ、ハーレム・パンツなどとしてファッション化されている。〔松本敏子〕

（『世界大百科事典』平凡社／傍線―引用者）

同事典の「ズボン」を引くと、ズボン起源の筆頭に、このシャルワールが挙げられており、右では、古代ペルシャがシャルワール発祥の地と推定しているが、ロシアの大地にこれが浸透していくのに、スキタイ族が介在していると認識しているようだ。

シャロワールまたはシャルワール（ペルシャ語のsharavaraを語源とする）東方諸民族の男女の下ばき。腰回りが非常に広く、ウェスト部と脚部の裾のところで襞を寄せて締めているものが多い。その形状は、スキタイやポロヴェッツの時代からほとんど変わっていない。ロシアでは、膝のところまで届くブーツを履き、裾はブーツの中に入れる。

（『民族学用語事典』一九九二年刊／傍線―引用者）

これは、民話や伝説ばかりでなく、ロシア各地で行われた考古学的発掘からも裏付けられている。

思えば、前七世紀から前三世紀にかけてユーラシア内陸部の広大なステップ地帯を舞台に群雄割拠し、前六世紀から前四世紀にかけて世界最古の遊牧国家を築いた勇猛果敢な民族 scythian（スキタイ）の活躍期と、古代ペルシャ（＝アケメネス朝ペルシャ前五五〇年〜前三三〇年）の存在時期はほぼ一致しているのだ。それどころか、スキタイは、マケドニアやアケメネス朝ペルシャとことあるごとに衝突していた記録が残っている。つまり直接の交流があり、しかも、スキタイは古代ペルシャ語と同じくインド・ヨーロッパ語族に属するイラン語系言語を話しているから、文化的相互浸透は、おおいに考えられる。シャロワールまたはシャルワールが、その時期西アジアから中央アジアにかけての一帯で着用されていた、ということは間違いなさそうだ。

前七世紀頃、スキタイまたは古代ペルシャで生まれたシャロワールが、サルマート、匈奴→モンゴル→タタール→コザックと受け継がれて、二〇世紀初頭、スターリンの政治警察NKVDの制服に採用されていた事実は、ソビエトという極めて理念先行型の人工的実験的国家が、それでもまぎれもなくユーラシアの大地の文化伝統の中から生まれてきたことを物語っていて感慨深い。

19章　パンツは馬とともにやって来たのか？

青木英夫は、その著『下着の文化史』（雄山閣出版）をいみじくも、「下着は表着《おもて》があって存在するのである。したがって、表着だけのものだとすると、はたしてこれを下着だとする解釈はなり立つかはむずかしい」という文章から書き起こしている。東南アジアに広く見られるフンドシや、古代エジプトなどのロインクロス（腰巻）など、下着であると同時に表着でもある、と。実際に同書の中では、表着がいつのまにか下着となり、下着が表着となっていく古今東西の実例がありあまるほど紹介されている。

確かに今現在だって、相撲取りのフンドシの例をあげるまでもなく、フンドシは必ずしも下着ではない。表着ともなりうる。

パンツもまた時と場所、時代や文化圏によって、下着としても表着としても活躍してきた。純形状的に眺めると、ブリーフ、パンティ、ショーツ、ズロース、股引、すててこ、ズボン下、パッチ、カルソン、シャロワール、パンタロン、スパッツ、スラックス、キュロット、もんぺ、袴も皆兄弟姉妹ということになるのである。

ざっと頭に浮かんだだけでもたちどころにこれだけ名詞が並ぶのだから、人種や文化を超えて普及していく力が、このパンツ＝ズボンという形状にあったということではないだろうか。それはとりもなおさず、腰から下を腹部、臀部、股、そして両腿をも別々にひとつなぎの布や革でくるむこの形状が、人体の形と動きに非常に合っていたということでもある。などと愚考するわたしは、最近二〇年間ほど、ほとんどスカートをはかず、ズボンを愛用している。もちろんズボンはどれも既製品で工場生産されたものばかり。人体に合っているかもしれないが、ではこのパンツ＝ズボンを製作しようとなると、型紙がすぐに手に入る現在でもスカートなどとは較べものにならないほど複雑でむずかしい。それは、フンドシと較べてみると、一目瞭然である。腰巻やフンドシが、古代社会では呪術的意味を持った腰に巻かれた紐衣から派生したとする説は、この間何度も紹介してきたとおり、説得力がある。腰ひもに布をぶら下げれば前掛けや腰巻になるし、ぶら下げた布を股をくぐらせればフンドシになる。紐衣からフンドシまでの距離は極めて短い。実際に製作してみれば、あっという間にできあがるのだ。とくに越中フンドシは。

パンツ＝ズボンはそうはいかない。だからこそ、パンツ＝ズボンがいつどこで発見＝発明されたのか、ということに注目せずにはいられないのだ。たとえば、日本列島でパンツ＝ズボンが着用されるようになるのはいつなのか。それは日本で独自に発明されたのか、それとも外から入ってきたのか。

八世紀初頭に書かれたと言われ、わが国の現存最古の歴史書と位置づけられている古事記は、古代社会の言い伝えを記録したものであるが、そこにズボンのバリエーションである袴が登場する。ただし「褌」という漢字を「はかま」と読ませている。大君に山代の国にいる腹違いの兄タケハニヤスが謀反を企てているから懲罰せよと命じられたオホビコは、すぐにヒコクニブクを従えて兄を退治しに山代にやって来る。タケハニヤスはすでに迎え撃つべく待ちかまえていて、双方の軍勢は河を挟んで向かい合う格好となった。

ヒコクニブクが、河を挟んだ向こう岸のタケハニヤスに向こうて、「そなたの手の内の軍人《いくさびと》に、まずはじめの忌矢《いわいや》を射ていただこうか」と挑んだのじゃ。するとその声に応えて、タケハニヤスがみずから矢を射たのじゃが、かすりもせなんだ。そこで、つぎにクニブクが矢を弾《はじ》くとの、その矢はまともにタケハニヤスを射抜いて、死んでしもうた。それを見たタケハニヤスの手の軍人《いくさびと》どもは怖《お》じけづいて散り散りに逃げ隠れてしもうた。それでもクニブクは追う手を緩めずに、その逃げる軍人どもを追い攻めての、久須婆《くすば》の渡りに追い詰めた時、奴らはみな逃げ場を失って攻め苦しめられたのでの、その恐ろしさのあまり屎《くそ》を漏らして褌《はかま》を汚《よご》してしもうた。それで、そこを名付けて屎褌《くそばかま》と言うのじゃ。今は、久須婆《くすば》と言うておるがの。

（三浦佑之訳・注釈『口語訳　古事記［完全版］』文藝春秋／傍線―引用者）

古事記に記された内容が、八世紀以前すなわち古墳時代の歴史に関する人々の記憶をなぞったものであるとすると、その時代に褌＝ズボンがはかれていたと想定される。古墳時代の日本については、東北アジアから朝鮮半島、九州経由で到来した騎馬民族が日本列島の先住民を征服し、国家を建設したとする説がある。この説は、敗戦直後の一九四八年に、江上波夫によって提唱された。江上波夫は、古墳時代を前後二期に分け、前期を三世紀末ないし四世紀初めから四世紀後半の中頃までとし、後期をそれ以降七世紀後半までとしている。そして古墳の規模や形状、埋葬方法、副葬品などから見て、古墳時代前期の文化は弥生時代後期のそれと本質的に連続していて、平和的な東アジア特有の農耕文化の色濃い呪術性、祭祀性が感じられ、同じ系統の文化の担い手が想定されるのに対して、後期の文化は著しく異なり、戦闘的な北方アジア特有の騎馬民族文化が色濃く反映しており、強大な権力を掌握した王侯貴族の存在が感じ取れる。この変化はあまりにも急転的突発的であり、異民族による征服が考えられる、としている。

当然その論拠として馬具や騎乗向きの衣服の到来をあげている。

……そこに副葬された武器・馬具・服飾品の大部分は――形象埴輪によってみられるところもまったく同様であるが――魏晋南北朝時代、すなわち三世紀ころから五世紀ころにかけて、満蒙・北シナ方面に大活躍した東北アジアの騎馬民族、いわゆる胡族のそれと、ほとんどまったく同類であることが留意されねばならない。

この胡族の文化は、北アジアの騎馬民族の文化と中国の漢族の文化が、北シナ・満州方面における両民族の接触・混住の結果、一体化してできあがったもので、中国化した騎馬民族文化ともいうべきものである。しかしその特質は、もちろん騎馬民族的なところにあり、騎射のための馬具や、弓矢の発達・重用、騎馬に便利な服装や甲冑の普及がとくに注意をひき、一般に平和的な、宗教的な、素朴なものより、軍事的な、実用的な、華麗なものがおこなわれた。

たとえば、男の服装には、筒袖の上着と、太型の袋のようなズボンの騎馬服が普及し、これには鉸具《バックル》や帯鉤のついた革帯をしめ、それに飾金具の類を着装した。またしばしば金銅の宝冠をいただいた。（中略）

馬具では、馬勒や鞍に華美なものが流行し、鐙《あぶみ》、馬鎧《ばがい》もおこなわれた。（中略）このような中国化した騎馬民族文化ともいうべきものが、三～五世紀ころに、一方では南遷した烏桓・鮮卑・匈奴らによって北シナに盛行し、一方では高句麗《コウクリ》・夫余《フヨ》らによって朝鮮に伝播したことは、遺物と文献とを参照することによって容易に推測される。

そうして、それらとほとんどおなじ文物が、日本の後期古墳文化を特徴づけており、武器や馬具などが後期の古墳から豊富に出土するということは、当時騎馬の武人が、日本で縦横に活躍したことの実証であり、武器類も、弥生式文化にみたような宝器的な、呪術的なものはなくなって、実用品が副葬されるようになった。

（『騎馬民族国家』中公新書／傍線―引用者）


右の文を裏付けるものとして添えられた挿絵「北魏武人俑」に描かれた武人も、大阪高井田古墳の壁画に描かれた武人も、それに群馬県新田郡九合村出土の武人埴輪(左の図)までが、いずれも同じ形状をした「太型の袋のようなズボン」をはいているのに吃驚する。例の「因幡の白兎」を絵本化したものによく描かれる大国主命《おおくにぬしのみこと》が着用している、膝と踝《くるぶし》のあたりを紐で結わえているあのズボンなのだ。

さて、江上の騎馬民族による日本征服説に対して真っ向から異を唱えた佐原真は、まさにこの日本列島におけるズボンの出現と馬の骨や馬具の出現とのあいだの時間的ズレを指摘することによって、それを反論の拠り所の一つとしている。

……「魏志倭人伝」にいう〝牛馬無し〟は正しかった、と私は思います。

群馬県新田郡九合村出土の挂甲着装の武人埴輪。江上波夫『騎馬民族国家』より。

日本に確実に馬が出現するのは四世紀末です。しかも四世紀から五世紀前半にかけての、馬に乗るための装備――馬具《ばぐ》――は、北部九州で少数見出されているにすぎません。馬が沢山わたってくるのは五世紀後半です。

ひとつ不思議なことがあります。古墳時代には、人の姿が埴輪にもたくさん表現してあります。褌《はかま》という名のズボンをはいた男もいます。裳《も》という名の長いスカートをはいた女もいます。ズボンは乗馬服として出現するという考えが常識的なのですが、群馬県高崎市で出たという狩猟紋鏡では何人もの戦士が、手に盾《たて》を持ったり刀や槍を持ったりして、はだしで踊っていて、それがズボンをはいているのです。この鏡は四世紀のものだそうです。乗馬服としてズボンが登場したとすれば、もう馬が来ていたことになります。それとも馬よりも先にズボンが来ていることになるのです。何でも、はじまりというのはそう簡単には決められません。考古学では一般に研究が進めば進むほど、なぜだか起源はどんどん古くなるのですが、日本の馬の出現は、果たして四世紀のどこまでさかのぼるかどうか……。

(『騎馬民族は来なかった』NHKブックス/傍線―引用者)

右では、日本の馬の出現時期について疑問符をつけている佐原真であるが、彼が館長を務めた国立歴史民俗博物館編纂の別な著書の中では、馬の出現はズボンの後であった、と明快に断言している。

ズボンの起源については多くの意見があります。日本では、四世紀にさかのぼる、とされる群馬県高崎市内出土と伝える「狩猟紋鏡」にズボン姿の戦士九人が盾と刀か槍をもって表してあるのが最古の実例です。乗馬の風習が到来する前にズボンが入ったようです。武田佐知子さんは、日本へはズボンが、古代から幾度も男の服装として外から入ったけれど、導入の時期をすぎると、常にスカートがズボンを駆逐した、といいます。騎馬の風習とともに入ったズボン、律令国家の公服としてのズボン（袴）、明治の軍服としてのズボンです。おもしろい見方とおもいます。なお古墳時代の鏡を研究する森下章司さんによると狩猟紋鏡が古墳時代の鏡としては理解しがたく、弥生時代にさかのぼる可能性もあるそうです。

（『よそおいの民俗誌　化粧・着物・死装束』慶友社／傍線―引用者）

もし森下章司の指摘するように、ズボンを着用する戦士たちが描かれた狩猟紋鏡が

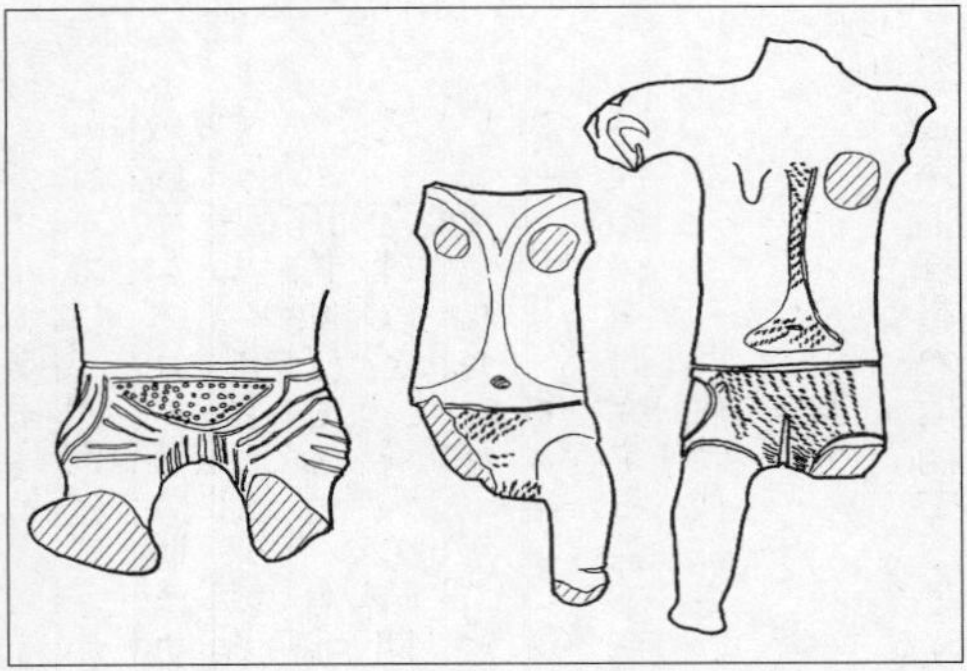

「股割れパンツ」の土偶。右から青森県八幡、岩手県蒔前台、岩手県戸類塚より出土のもの。国立歴史民俗博物館編『よそおいの民俗誌』（慶友社）より。

弥生時代（紀元前三世紀頃〜紀元後三世紀頃）にさかのぼるとなると、日本列島に住んでいた人々が独自にズボンを発明・開発した可能性もあり、乗馬とは無関係に生まれた可能性さえあることになる。

それどころか、弥生時代に先行する縄紋（文）時代（紀元前一万年〜紀元前四世紀）の地層から出土した土偶には、当時の人々がパンツを着用していたのでは、と思わせるものさえある。佐原真は、「土偶から衣服を復原すること」はとうてい不可能である、「縄紋人が造形するとき、抽象・具象の両方を同時におこなっているから」と断った上で、青森県八幡、岩手県蒔前台、岩手県戸類塚の三カ所からそれぞれ出土した土偶をもとに作図した絵（右図）を示しながら、次のように述べている。

パンツをはいた土偶というのがあります。ちょうどお腹に横線を一周させ、左右の脚にも、ももの下あたり、それぞれ横線を一周させているので、パンツにみえます。線を境にして一方に縄紋をつけ、他方は磨いたままで紋様はつけません。パンツ説についていみじくも森浩一さんがいいました。これがパンツとしたら猪土偶もパンツをはいている、と。単なる紋様の一部なのか、パンツを表しているのか確言は出来ません。

パンツとした場合に問題なのは、股の中央に入った縦の線です。股割れパンツをしめすのでしょうか、それとも具象と抽象の共存で、この縦線は性器の割れ目をしめすのでしょうか。そう考えるのが正しいのでしょう。

（前掲書／傍線―引用者）

20章　タイツにまつわる二つの悲劇

バレエの舞台でタイツ姿の男役を目にするたびに、自ずと視線はモッコリと盛り上がった股間に行き、苦笑してしまう。このレオタード姿が、なぜバレエダンサーの「制服同然」になってしまったのかについて調べていて、ようやく説得的な文献に行き当たった。三浦雅士著『身体の零度』（講談社選書メチエ）。九六年に読売文学賞を受賞した名著。

……バランシン以上に、純粋なダンス、舞踊そのものを追究したといっていい……。物語も筋もない。意味すらない。ただ、踊る身体が舞台上に延々と展開している、それがカニングハムの舞台である。まるで踊る音符だ。

あるいはここでレオタードというコスチュームに注意をうながすべきかもしれない。身体にぴったりと密着したこの衣装は、十九世紀フランスの空中ブランコ乗り、レオタールに由来するが、それじたい考察の対象としてきわめて興味ぶかいといわなければならない。

「裸で何も塗らず、形を変えず、飾らない人間の身体」すなわち身体の零度を、これほど具現する衣装はほかにないからである。それは、ダンサー個人の肉体の特徴をも消去することによって、裸体以上に裸体であるといってよい。つまり裸体の抽象である。（中略）

舞台はレオタードによって制覇された。舞台衣装におけるレオタードの勝利は、身体の零度が舞台芸術の基底に据えられたことを象徴している。産業的な身体は、いまや芸術的な身体、身体の芸術の基盤となったのである。

タイトルの「身体の零度」とは、赤子のように生まれたままの、文化文明によって加工されていない身体を意味する。過去や異文化に接した時に奇異に感じる（中国の纏足や西欧上流階級のコルセットなど）不自然で不健康な肉体加工の風習、奇妙な立ち居振る舞い（金日成国葬の際の北朝鮮国民の慟哭、欧米人が理解できない日本人の笑み、なんば歩きなど）を、古今東西の、よくぞ見つけたりという的確で面白すぎる文献を自在に駆使しながら考察し、人類の身体観の変容を社会史、思想史の文脈で読み解いてみせる。

今現在のわれわれが自然と思っている仕草や身体観、身体加工にもさまざまな社会制度的抑圧やタブーの尾鰭が絡んでいて、この百年間は肉体のそれらからの解放の歩みでもあった。身体と仕草の階級的性格。農民の身体が、近代的工業化の中で工場労働者のそれへと加工されていく。産業的身体の工場となった近代の軍隊。健全な肉体という近代の幻想を担った体育。舞踊が伝統芸能の型から解放されて自然な裸体へと向かっていく動きも身体加工の文化的強制力の呪縛から自由になろうとする文脈から捉える。レオタードとモッコリの必然性はこうして腑に落ちた。

だからと言って、見る度に苦笑するのは変わらない。せっかく舞台が醸し出そうとしているロマンチックな情緒が、あれではぶち壊しだよなあ、と鼻白みつつ浩一君のことを思い出して心臓の筋肉がキューッと引きつる。

小学校二年のとき、秋の学芸会で各クラスが芝居をやることになり、わがクラスは「シンデレラ」を演ずることになった。王子様役はクラス一のハンサムで学級委員長でもあった浩一君。クラスのほとんどの女の子同様、わたしも浩一君が密かに好きだったから、もちろんシンデレラになりたかったけれど、それはかなわず。シンデレラ役はクラス一の美人だった晶子ちゃんが順当に決まった。図画工作が得意だったわたしは衣装係。ちょっと悔しかったけれど、それはそれで熱心に取り組んだ。絵本の王子様の衣装を参考に創意工夫を凝らし、浩一君はじめ男の子たちにはタイツ（当時はまだパンティーストッキングという語は使われていなかった）をはかせることに決めた。もちろん、男物は手に入らなかったので、女物。

「嫌だよ、オレ、恥ずかしいよ」

「こんなことするなら、僕、役降りるよ」

当然、男の子たちは目一杯抵抗した。しかし、所詮無駄だった。絵本の貴公子たちの姿形には、なにものにも代え難い説得力があったし、それに学芸会が近づくほどに、自分たちが演ずる役柄にはまっていった彼らは、そのうちごく自然にタイツ姿の自分を受け入れていたのだった。幼いながら芸術の力を思い知ったというべきか。

男の子たちのタイツは、えんじ、黒、緑、茶と色とりどりだったが、王子様役の浩一君のタイツだけは真っ白にすることになった。上着は白とブルーに金色のスパンコールを縫いつけてある。シンデレラのピンクのドレスに美しく映えるはずだ。ただし、白いタイツは汚れやすいので、練習中はえんじ色のタイツで通した。

本番当日。宮殿のシーンの幕が開く。誰よりも美しく光り輝くシンデレラに王子が心奪われる運命の瞬間。客席から失笑が漏れてきて瞬く間に大爆笑となった。笑い声にかき消されて台詞が聞こえない。役者たちは面喰らって立ちすくんでしまっている。どうしたんだ、いったい。舞台裏で気を揉んでいてもらちがあかないので、客席の方に回って、舞台を見上げたとたん、わたしも噴き出してしまった。

浩一君の真っ白なタイツはかなり透けていて、下のパンツの形が丸見えだった。しかも、パンツの股のところの割れ目から、チンポコがはみ出していた。

一列目に座っていた男の子が何か舞台に向かって叫んだ。浩一君は初めて事態を察知して赤面しうつむいたかと思うと、一目散に舞台裏に走り去った。そして二度と出てこなかった。先生が説得に駆けつけたものの、本人は黙ったままそそくさと普段着に着替えて自宅に逃げ帰ってしまった。それから一週間、浩一君は学校を休んだ。そして、戻ってきたときには、クラス内の彼のステータスは地盤沈下していた。子供は残酷なものである。女の子の人気も、それに何よりも本人のやる気も、従って成績もみるみる落ちていった。優等生だった浩一君は、いつのまにか目立たない並みの成績の男の子になっていった。その責任の一端は、彼に白いタイツをはかせたわたしにある。そんな苦い思いが、バレエの舞台でタイツ姿の男を見るたびにこみ上げてくるのだ。

いやいや、わたしだけのせいではない。一番いけないのは、ピタッと張り付いて下半身の形状を露骨に見せてしまうタイツだ。そんなものをはいていた中世西ヨーロッパの風俗だ。あの時代を描いた物語の絵本も挿絵も、貴公子たちはみんなタイツをはいている。タイツっぽいピタッと下半身を覆うズボンはブリューゲルの描く庶民の男たちも着ている。ギリシャ・ローマの彫像では認められなかったものだ。あれは、どうやら匈奴（フン）族に追われて民族大移動をしてきたゲルマン族がもたらしたものらしい。

……ローマ時代にガリアに住んでいたゴール人の男子は、股引《ももひき》のようなブラコ（bracco）と称する脚衣《きゃくい》をはいていた。ブラコはケルト語で、英語のブリーチズ（breeches ゆるやかな半ズボン形式の下衣）にあたるもので、フランス語でブレ（braces）という。ブレに対してぴったりした脚衣は、ホーズ（hose）あるいはショーズ（chausses）という。ショーズもゲルマン特有の脚衣の一種で、靴下状のものがだんだん長く進化したものである。男性はチュニックとズボン型式の脚衣、女性はチュニックとスカートであった。（中略）

初めのうち、ブレは下着とみなされたため、ローブに隠れてほとんど見えなかった。やがてローブの丈が短くなり、前あきとなり、現在のコートへと変化するにともない、ブレも外衣となっていった。衣服による男性と女性との差別は、いわば蛮族すなわちゲルマン民族によって始まった。女性で通常ズボンをはいた部族は、バンダル人だけであった。このズボンは今日の「バーミューダ（bermuda)」によく似たものであった。一般には、ゴール、スカンジナビア、西ゴート、チュートンの女性のように、ドレスまたはチュニック、あるいは上っ張りと膝丈のスカートが着用された。これらの衣服の下は、裸体であった。

中世の女性たちは、ズボンをはこうとする気持ちがあったようである。ビザンチンでは女の召使いがズボンをはいていた。ドイツやフランスなどでは貴族の女性は丈の長い、前が大きく割れたドレスを着て、ブレでぴったりと包んだ脚を見せていた。しかし、五世紀以後（中略）ズボンは馬に乗るにも、畑仕事をするにも便利なだけでなく、男性が不意に女性を襲いかかるという習慣から、女性を保護するものだったから、女性はズボンをはこうとした。

この時代、キリスト教では女性服のどんな変化も悪魔的だとする考えがかたまっていた。それ故、ヴィトール・ド・ヴィタ司教が「フェミナリア（feminalia)」と名づけられた膝丈のキュロットが、バンダル地方の女性の例にならってローマ人によって着用されるようになった時も、一般的な都市では、これは流行とはならなかった。そして女性は靴下をはくようになった。もっとも、この靴下はゲルマン民族のものだった。これはもともと足に巻く細いゲートルやバンドから発達したものである。そして、それが長くなり今日の靴下へと発達するわけだが、まだメリヤス編みが生まれなかった以前であるから、膝上までのものと、それより上部のものとをつなぎ合わせるようにして、タイツのようにしたのである。（中略）……バド・ショーズ（bas de chausses）とオート・ショーズ（haut de chausses）とブレ（braies）とが結びついて一種のタイツを形成した。バド・ショーズは靴下のことで、オート・ショーズは半ズボン、ブレは長ズボンのことである。

（青木英夫『下着の文化史』雄山閣出版／傍線―引用者）

要するに、パンツやズボンの裾に靴下の上端をつなげるという方法でタイツが誕生したみたいである。しかし、この両者が一体化し、ピタッと下半身にへばりついてその形状を露骨に伝えるようになるには、つまり我々の知るタイツが登場するには、メリヤス（＝編まれたもの）の登場を待たねばならなかった。

現在のパンストも靴下もソックスもメリヤスなのが通り相場だが、中世前半のヨーロッパの人々は、まだ編んだ衣類を着用していない。靴下として独立した着衣はなく、布や麻、薄手の皮革でできた限りなくタイツに近い細いズボンを着用していた。それでフランス語では、靴下のことをズボンの下（バド・ショーズ）と言ったのだろう。庶民は、もっぱらぼろ切れをゲートル状に足に巻きつけていた。

編み物については、ギリシャ神話の織り姫ペネロペが衣服を一日がかりで編み上げ、それをまた解いて一本の糸にしてしまう話が出てくるし、聖書の中にも漁網を編む話が出てくるが、実物で確認された最古の編み物は、五世紀のものと推定される地層にあったエジプト・アンチーノのコプト人の遺跡から発掘されている。それは子供のソックスで、イギリスのレスター市博物館に展示されている。

毛糸のキャップまたは絹のくつ下を編む技術は、スコットランドからイングランドに伝わったようである。史家ホーエルは、絹くつ下（silk knitted hose）について、それは、まずアラビア人からムール（アフリカ・モーリタニア）人へ、ムール人からスペイン人へ、そしてスペイン人からイギリス人へと、伝わってきたといっている。

（坂田信正『靴下の歴史』内外編物）

同書では、これとは別にイタリア経由でイギリスに持ち込まれたという説も紹介している。実際、八世紀にはイタリアで手編み製品が出回るようになったらしい。ただイギリスで手編み靴下やタイツが流行る直接のきっかけは、スペイン産の絹編み靴下をヘンリー八世が献上されてかららしい。それ以前は布地の靴下を常用していたため、すっかり編み靴下が気に入ってしまった。

紳商グレシャム（Sir Thomas Gresham 一五一九～一五七九）は、エドワード六世に絹のくつ下を献上し、またエリザベス女王の三年に、モンテーグ夫人は、黒の絹編くつ下一対を女王に献上、エリザベス女王はこれから、布地くつ下を廃した。（前掲書）

エリザベス女王の時代には、手編み産業はヨーロッパ中で広く行われ、イギリスではとくに盛大であった。

このシェイクスピア時代のイギリスに、世界の靴下というかメリヤス産業の父とも言うべき人物が登場する。ウィリアム・リー（William Lee 一五六三～一六一〇）。ケンブリッジ大学で哲学修士の学位を得たリーは牧師志望だったが、在学中に極秘結婚していたことがばれて聖職に就けなくなった。生まれ故郷のノッチンガムに戻って私塾を開くが学生が集まらず、愛妻サイスリーは当時流行っていた靴下の手編の内職を始める。稼ぎはわずかで日々生活が苦しくなる中、リーは内職する妻の指先を見つめながら編み機発明のアイディアを思い立つ。三年後の一五八九年、最初の編み機を完成。しかし、人の手の数倍の早さで正確に編み目を作っていく機械に驚嘆しながらも、人々はこれが自分たちの内職を奪うものとして恐れ、ついに軍が出動して機械を破壊してしまうという結果になった。

リーはこれにくじけることなく、さらに最初の機械を改良した第二号機を完成させ、エリザベス女王に謁見して、機械を見せ、特許を得ようとした。これは当時としては奇跡のような機械だった。一分間に熟練者が手編みで一〇〇ループ作るのを機械は六〇〇ループ作ることが出来た。しかし女王は、申請を却下した。

「私は、婦人たちを失業させて、乞食にするような発明に金を与えるよりも、手編みによってパンを得ている貧困者のほうを、より以上に愛するであろう。しかし、もしリーが、絹のストッキングをつくる機械を発明するなら、私にも数人の人民にしか影響しないとの独占権を設定するなんらかの理由がつくであろうと信ずる」(前掲書)

リーはさらに九年かかって絹靴下専用編み機を完成するが、女王にも、その後継者のジェームズ一世にも却下される。一六〇〇年、リーはフランスの名宰相シュリーに招かれてドーバー海峡を渡る。そして、ルーアン市でイギリスから一緒に渡ってきた八人の職工と八台の機械とともに靴下編み工場を発足させる。

アンリ四世は、リーの機械を見て感激し、手厚い庇護とフランスでの永住権を約束した。リーの長年の辛酸がついに報われると思われた矢先、プロテスタントだったアンリ四世は狂信的なカトリック教徒によって暗殺された。権力を掌握した、頑迷なカトリック教徒であるマリー・ド・メディシスはプロテスタントであるリーに対するあらゆる庇護も支援も取っ払ってしまった。この苦境を解決しようとリーは投資家を求めてパリへと向かい、そこで心臓発作のために帰らぬ人となった。一六一〇年のことである。「イギリスは彼に生地と教育を与え、フランスは彼に国王の庇護と墓地を与えた」と伝記作者が記す所以であるが、その墳墓は未だに確認されていないそうだ。

浩一君を悲劇のどん底に突き落としたメリヤスタイツの誕生には、こんな悲劇が絡んでいたのである。

21章　日本民族の精神的支柱

一九二六年一二月に昭和天皇が即位して一カ月後のこと、正確には昭和二年一月、東京市神田にあった成光館出版部というところから『褌』という本が出ている。翌三年三月にはすでに第九版が出ているから大変な売れようである。わたしの手元にあるのは、その九版で、その後さらにどれほど版を重ねたのかは不明。松木実（今のところ、いかなる人物なのか調べがついていない）の編集によるもので、民俗学、人類学的考察らしきものから、万葉集の抜粋、江戸時代の小咄、川柳、昭和初期当時の新聞記事に至るまで、フンドシにまつわる集められる限りの話を、まさに玉石混淆に何の脈絡もなく出典も曖昧なまま羅列している。たとえば、

財布とかけて　猿又ととく――→心は　おあしに金がはいる
いろはのほの字とかけて　褌の結び瘤ととく――→心は　へ（屁）の上にある

というような他愛もない謎掛けにはじまって、茨城地方の隠語では、「剃刀の褌」とは「知り（尻）切っている」という意味だとか、天下の奇人南方熊楠先生は褌無用論を唱え、いつも無褌で通していて、その論拠を尋ねたところ、「柵飼よりも放牧の方が衛生上良好である」と答えたという逸話などが紹介されていて、読み物としては面白いのだが、資料としては、はなはだ使いにくい。しかし、時々ハッとするような「玉」を発見できる。次に引用するのも、まさにそれ。

義理と褌とはかゝねばならぬとかで、洋服を着るやうになつた今日も尚ほ、赤褌や、黒褌や、白褌をしめて居る。これが真に国粋保存の随一であらう。大いに結構なことで、いざ国家が緊急存亡の場合には褌をしめて掛らねばならぬのに、その褌が無ひやうでは物の役にはたゝぬからである。褌とは何かと云ふと其当時の『軍衣』で今日の軍服に相当する。それで衣扁に軍と書くのであるかも知れぬ。然るに其の後支那にかぶれた漢学者流が『呉の服』を着初めて、日本の国は一大危機に会した事がある。又た今日『洋服』をば西洋かぶれのした連中が盛んに用ゐつゝあるが、仮令『呉服』を用ゐても『洋服』を着てもよいから其下には常に褌をしめて居たいものである。褌は場合によつては猿股に換へてもよいが、『心にシカと褌をしめて居たいものである』とは私がよく述べるところである。

（堀岡文吉「犬と褌と人種の移動」／傍点—著者、傍線—引用者）

フンドシに込められた筆者の熱い思いにたじろがずにはいられない。まるで、嫌いな男に身を投げ出さざるを得なくなった乙女が、唇だけは触れさせない。あえなく唇を奪われたとしても、心だけは無垢なままでいようと、健気に己を奮い立たせるのに似ている。乙女がそのとき心の拠り所にするのはロザリオだったり、愛しい人と交わした婚約指輪だったり、その人のポートレートが入れられたロケットだったりするのだが、昭和初期日本男児の一部にとって、ロザリオや婚約指輪やロケットの役割を果たしていたのがフンドシだった、ということを物語る文章である。

本書の初版が出た二カ月後の一九二七年三月には金融恐慌が始まり、五月には日本軍は中国山東省に出兵、翌年には第二次山東省出兵を果たし、済南を占領。同年六月の張作霖爆殺事件、一九三一年の満州事変へと日本は突き進んでいく。

今現在の高みから眺めると、何と無理無謀なことをと呆れ返るのは簡単である。しかし、この無理無謀を国家事業として果たしていく以上、計画するのも実行するのも人間であるからして、その人間がかなり追い詰められたせっぱ詰まった精神状態、いわば平常心を逸した状態にあることが不可欠である。列強の植民地になりかねない危機を明治維新と日清、日露両戦争で乗り切って列強の仲間入りを果たした当初から、後進資本主義国の焦りは常に近代日本に付きまとっていた。そこへ国内の金融恐慌によって疲弊した経済が、一九二九年一〇月にニューヨーク・ウォール街から発した世界的金融恐慌によって壊滅状態に追いやられる。こういう時代背景は、教科書的常識で、ここにいちいち記すまでも無いことなのだが、フンドシと世界恐慌が決して無縁ではないことを述べたくて、敢えて書き添えた。

さて、この精神的崖っぷち状態をさらに煽るものとして、個々人の意志、いや国家の意志を以ってしても押し止めようもなく海の向こうから怒濤のように押し寄せてくるかつては中国の、そして今はヨーロッパの文物がある。先の文面からは、押し寄せる舶来の文物にナショナル・アイデンティティーの危機を覚えて、何とかそれに抗していこうとする様子が伝わってきて涙ぐましい。

この、どちらかというと、受け身の態勢のところへ、民族精神の支柱としてのフンドシが登場する。フンドシを拠り所にすることによって、ようやく日本という共同体の一員としての揺るぎない自己を確認し、自信のようなものがみなぎってくる。愛国心とか大和魂とか言ったって、目には見えないとらえ所のないもの。これを具体的なフンドシというモノにシンボライズすることで、愛国心も大和魂も揺るぎないモノになったような気がしてくるのだから不思議である。これがフンドシそのものを有り難がる（心にシカと褌をしめて居たい）フェティシズム＝物神崇拝へと直結していく様を如実に伝えてくれる本文は貴重な時代の証言ではあるまいか。

近代国民国家の成立にあたって、国家とか国家権力とかいう抽象的な概念で国民を束ねることはむずかしく、国家を天皇という生きた人間に人格化（パーソナリゼーション）させることによって、一般庶民にも国家の一員たることを自覚せしめることができたように、日本精神や大和魂もフンドシに物神化されることによって、より強く意識されるようになったと言える。

いまだにフンドシを日本精神のシンボルとして、日本男児の拠り所として有り難がる人々がいる一方で、日本軍国主義の象徴として蛇蝎のごとく忌み嫌う人々がいるのは、そのせいなのだろう。ともあれ、今回は、なぜ、フンドシが日本民族の精神的支柱になり得たのか、日本男児の象徴たりえたのか、その論拠を探ってみたい。

というのは、世界各地の風俗習慣を見渡してみると、フンドシは決して日本民族の、ましてや16章でも確認したように、日本男児だけの専売特許なんかではないからだ。

温帯、熱帯の民族には、女子のスカート状の腰蓑《こしみの》あるいは腰巻と対応した男子のふんどし一枚の姿が見られる。ペニスケースと同様性器の保護を目的とするが、装飾的な要素もきわめて強い。ふんどしというよりは腰帯といったほうが適切なものが多い。たとえば西部ニューギニアでは長さ九〇cmくらいの樹皮布を用いてふんどしにしているが、白地に黒や褐色で曲線や幾何学的文様の描かれた華やかなものである。ニューギニアでは女も締めている地方がある。アマゾン流域の原住民の中には、樹皮をちょうど相撲取りのまわしのように、分厚くぐるぐる巻きにした異様に大きなふんどしをしている種族がいる。性器を誇張するとともに、敵を脅かすという意味あいも含まれるようだ。ミクロネシアのヤップ島では、樹皮布や布のふんどしを用いるが、年齢により色や締め方が異なる。また広く東南アジアでは、ふんどしと半ズボンの中間のような形で、巻型の腰巻衣を股をくぐらせて装うものがある。腰に巻いた布のあまりを股をくぐらせて背の後ろにはさむのである。これは日常の作業に適した着装法として、古くから男女ともに用いられた。[鍵谷明子]（『世界大百科事典』平凡社）

百科事典の簡単な記述だけでも、フンドシ着用地域はユーラシア、アフリカ、南太平洋、アメリカと地球を網羅する勢いである。この事実を昭和初期の民族的自意識に高揚する日本精神は見逃していたのだろうか、というと、どうやらそうでもないのだ。冒頭の文章が収められた『褌』の中に、研究者と思しき福富織部と名乗る人の著した「上代日本の生活及服飾」という論文があり、日本人の起源は南方からやって来た人種と北方からやって来た人種との混血で、風俗とくに服飾にもその痕跡がある、としている。

日本人は混種である事は既に南方型に於て説明した。又日本人が北方大陸と関係があつたことも述べた。其風俗習慣に於ても勿論混合されて居るに疑ひはないが、褌にのみひとり劃然として南方型が分を明かにして残されてある。北方型に於ては褌に二種ある。即ち男子においては褌、女子にあつては裙である。（中略）北方人の服飾にも幾種かの区別があること、考へられるが、とにかく窄袖袴式であつて、全身が完全につゝまれて居ることがその特徴である。（中略）褌の肌膚に触れる物であつたことはいふまでもなく、「ハカマ」と読む例ではあるけれど、後世いふ下帯サルマタのやうな職能を持つた服飾品である。「下衣」の有無は判然しない。有つたとすればそれは比較的後世になつてから、発達したものであらう。（中略）

次に女子の服飾が衣と裙によつて成立してゐたことの証をあげやう。雄略帝のとき、十三年九月に名工猪名部真根が采女の相撲を見て失敗した話がある。日本書紀にそのことを述べて、

「乃喚集采女使脱衣裙而著積(犢)鼻露所相撲」

この衣裙といふものは明に男子に於ける衣褌と相対するものであらう。女子に褌の無かつたことは近時識者の説くところである。（傍線―引用者）

ここで筆者は、北方系の褌なるものは、いわゆるフンドシではなく、袴式に臀部脚部が完全に包まれているもので、実際に「ハカマ」と読み、下帯サルマタのような、いわゆるパンツらしきものだったと言っている。また、女子の裙については、相撲の時に脱いでフンドシを身につけた例が紹介されていることからして裳や腰巻のようなスカート状のものと思われるが、その形状については残念ながら記されていない。

このように、昭和初期の時点でフンドシと呼ばれていた形状のものは、越中にせよ、

六尺にせよ、もっこにせよ、北方起源ではなく、南方起源のものとしてきちんと認知されていた模様なのである。

実際に本文冒頭の文章の熱烈なるフンドシ民族主義者とも言うべき筆者も、そこのところは、むしろ強く意識していた模様で、

「褌は読者の御存じの通り熱帯民族の特有物である」

と言い切っている。それなら、日本民族のシンボルとなる資格はないではないか、と考えてしまいそうだが、筆者の論理展開は全く違う。

「世界広しと雖も地球上で温帯の住民で褌をしめて居るのは我が大和民族ばかりではないか」

おお、そう来たか！　とこれしきで意表を突かれて唖然呆然愕然としていてはいけない。さらに論理は大きく飛翔し語調もいよいよ高揚していくのだから。

　この褌で太平洋の島々を結び合し、軈て太平洋を日本の湖水とせねばならぬ。褌の使命や偉大なりと言はねばならぬ。『此の漂へる国を造り固め』て、以って天恩に報ひねばならぬ。社会主義や、無政府主義や、欧米の物質主義は美々しく飾り立てゝをるが外観だけであつて、イザと云ふ時には褌程に物の役に立たぬ。

吾人は褌を忘却してはならぬと思ふ。（傍線—引用者）

日本特有の個性、ユニークさは、各方面から日本列島に流れ着き住み着いたさまざまな種族混合にこそあると、筆者はいみじくも認識している。フンドシは日本人の混種性のシンボルとしてだけ特別な地位を与えられたのだろうか。おそらく、古代から中世にかけての中国にせよ、近代における欧米諸国にせよ、より強力な武器、より豊かな文物、要するにいわゆる先進文明はいずれも北方起源で日本列島に入ってきた。この北方文明に対するコンプレックスが、南方起源のフンドシに対する拘りを生んだのではないだろうか。

22章　フンドシをめぐる罪深い誤訳か？

姫野カオルコに「イキドマリ」という短編がある。絶対モテないタイプの主人公が、常日頃自分を馬鹿にしている同僚の武田さんというOLを自室に誘拐してきて素っ裸にする。当然、武田さんも読者も復讐と強姦を予測するのだが、現代人の性愛観をラジカルに問い続ける姫野が、そんな月並みな結末にするわけない。

温泉相撲は、オーナーが自分の「持ち力士」にとりくみをさせるのです。（中略）

武田さんを自分の「持ち力士」にしたい、それだけなんです。そう、温泉相撲はすべて女力士のとりくみなのです。女相撲という呼び方もあります。（中略）

ぼくは武田さんのお尻に帯をまわして、きりきりと締め上げました。武田さん、ぼくはあなたの裸が見たいんじゃない。あなたの褌《ふんどし》をしめたすがたが見たいだけ

のことなのに、……（中略）

……温泉相撲で衆人たちの下品な視線を褌一丁のすがたにいっせいに浴びる、あの女力士たち。それでも汗をかいてまわしをきりりと締めてとりくみ、オーナーはらんらんと目を光らせ、お札が宙を飛び、衆人たちの唾《つば》も飛ぶ、あの熱気にぼくはどきどきする。興奮する。至福だと思う。

（『サイケ』集英社／傍線―引用者）

恥ずかしいことに、このくだりを読むまでわたしは「女相撲」なるものがこの世にあることを知らなかった。さっそく百科事典類を引いてみるのだが、もともと見出し語に「女相撲」も「温泉相撲」も排除されていて、「相撲」についてはどこも恐ろしく詳しいのに、「女相撲」は存在しないことになっている。でもインターネットで探してみると、あるわあるわ、各地の温泉協会主催で、客寄せにしばしば行われている。日本各地に、祭りの一行事として伝わるらしいことも、NHKのニュースで知った。映像の女力士たちは、股引のようなものの上にフンドシを締めていて、とても「きりり」などと形容できる格好いいものではなかったが。

調べてみると、江戸時代には女相撲が見せ物として各地で衆人を集めたという記録がある。また、江戸城大奥で婢女たちに相撲を取らせて上﨟たちが楽しむのが年中行事になっていたとのこと。明治時代には、農村出身の女性たちを力士に迎えた本格的な女相撲が確立し、これは太平洋戦争に突入する前まで続いたようだ（横田順彌『明治不可思議堂』所収「女相撲盛衰史」ちくま文庫、及び、インターネットの日本ふんどしビキニ保護振興協会公式サイト『ふんどしビキニ調査隊』http://www.fundoshi-bikini.net/ 参照）。

まあ、しかし、辞書事典類では無視されているところからして、国技の範疇には入れてもらっていないようだ。それどころか、土俵のような神聖な場所には女が上がってはいけない、ということで、かつては森山官房長官が、最近では太田大阪府知事が、国や自治体の代表として優勝力士に賞杯を授けることをも辞退せざるを得なかったくらいなのだ。

ところで、前の章で福富織部という人が「上代日本の生活及服飾」の中で『日本書紀』の雄略天皇に関する伝説を引用しているのを紹介した。

「乃喚集采女使脱衣裙而著積鼻露所相撲」

この衣裙といふものは明に男子に於ける衣褌と相対するものであらう。女子に褌の無かったことは近時識者の説くところである。

（『褌』成光館出版部／傍線―引用者）

そのときに、「女子に褌の無かった」という著者の論理にすっかり引きずられてしまって、きちんと原文を確認していなかったために、大切な字句を見落としていた。引用文では「著積鼻」となっていたため、つい見過ごしてしまったが、手元の『日本書紀』を見ると、「著犢鼻」とある。フンドシ関係の文献を漁る身には、「犢鼻」は馴染みの文字。しかも「たふさぎ」と訓じてある。これって、つまりフンドシのことではないか。とわたしが述べても説得力が無いので、服飾に関する記述が充実している平凡社の『世界大百科事典』に頼ってしまおう（傍線―引用者）。

ふんどし（褌）　男性の腰部をおおう長い帯状の布で、これを股間《こかん》から腰部にかけて巻きつけ、下半身を保護し、かつ清潔にするために着装する。古くは、犢鼻褌（たふさき＝たふさぎ＝とうさぎ）とも呼ばれた。《延喜式》巻十四では、褌の字を〈したのはかま〉、袷褌を〈あわせのしたのはかま〉と訓じており、袴を意味していた。室町時代ころは、手綱《たづな》と呼び、江戸時代には、下帯《したおび》とも呼んでい

る。〈ふんどし〉の語は、江戸時代の初めころからという。［日浅治枝子］

［ふんどしの民俗］　日本では、ふんどしの方言は多く、タフサギ、ハダオビ、ヘコ、マワシ、シメコミ、タンナ、スコシ、サナギ、サナシ、フゴメ、フタノ、モッコ、シタオビ、ムコ、ドモコモ、コバカマなどと呼ばれている。古く、褌はタフサギ（犢鼻褌）と称し、褌の字は袴を意味して両者は区別されていたという。タフサギは、ふんどしの前面のふくらみが牛の鼻先に似ているからとも、手で前面をおおっていたものの代用だからともいわれる。［村下重夫］

さて、肝心の物語のあらすじは、こうだ。真根という名大工が、石を台にして手斧で木を切っていくのを目にした雄略帝が、「石に誤って当てて刃を傷つけることはないのか」と尋ねると、真根は、「絶対ありません」と答えた。それで、帝は、宮中に仕える采女たちを集め、その衣裙を脱がせ、フンドシをつけさせ、衆人環視のもと相撲をとらせた。セクシーな美女たちに「ストリップ」をさせたようなものか。それを見た真根は不覚にも手元が狂って斧を石にぶつけ刃を傷つけてしまった。帝は、「よくも朕を恐れず不逞の輩が妄りに軽々しいことをいいやがって」と怒って真根を処刑するよう命じたが、その名人芸を惜しんだ同僚たちが助命嘆願の歌を帝に捧げたところ、帝も怒りをおさめて刑を取りやめたということである。

長谷川明によると、古代の相撲を語ったとされる文献には、①『古事記』の国譲り神話に出てくる「建御名方神《たけみなかたのかみ》と建御雷神《たけみかずちのかみ》の力くらべ」の話、②『日本書紀』に記された、垂仁帝の御前で行われた「野見宿禰《のみのすくね》と当麻蹶《たいまのけ》速《はや》の闘い」、それにこの③『日本書紀』の雄略帝にまつわる女相撲の記述、の三点がある。①は神話であり、②は土師氏という一氏族の伝えた伝説であり、③は大工たちの冗談から生まれた説話あるいは民話であるとしながら、次のように指摘する。

> ……その叙述から、明らかにルールが推測でき、現在の相撲の祖型であることをほうふつさせるという点では、雄略女相撲の説話がもっとも優れている。（中略）（①も②も）要するに力比べであるし、その闘いの様もルールのない徒手格闘とでもいうしかなく、とても相撲とは呼べない。それに対し第三の話は、まずなによりはっきり「相撲」と書かれている。これは相撲という文字が文書に現れた日本では最古の例である。また、ルールもはっきりしている。采女たちは裸体にフンドシを着けて相撲を取ったのである。美貌を傷つけるような殴打や蹴りもたぶんなくて、四つに組んでの投げ合いであったろう。つまり土俵がないことを除

けば、現在の相撲とほとんど変わらないのだ。そして、これは、この説話の作られた七世紀後半の相撲の様子をそのまま反映していると思われる。「国技」のもっとも古い姿を語る物語が女相撲だったことは、あるいは卑弥呼と天照大御神の国にふさわしいといえるかもしれない。（『相撲の誕生』青弓社／括弧内および傍線─引用者）

この女相撲の説話が昔からよく知られているにもかかわらず正統的相撲史から無視されてきたことについて、著者は『日本相撲史』の著者酒井忠正が「天皇陛下のおたわむれの記事だから、載せる必要がない」と厳命したエピソードを紹介し、「近年まで現実に存在した見世物的要素の濃い女相撲と一緒にされることは、国技を強調する立場としては耐えがたかった」のであろうと推測している。

もしかして長谷川は、今も温泉地で催されている女相撲のことを知らないのでは、と心配になったが、そんなことよりフンドシである。相撲という文字が文書に現れた最初の文献で、ちゃんと「著犢鼻」つまり、たふさぎ＝フンドシとして登場している。以後、今日に至るまで日本の相撲とフンドシは切っても切れない縁で結ばれているという気がしてくるではないか。

ただし、日本の相撲については隼人＝南方起源説と、大陸＝北方起源説があって、どちらかというと、学界では後者が有力なのだが、北方にはフンドシの習慣が無い。たとえば、一九九二年、大島部屋はモンゴル相撲の若手有力力士たちの中から、六人の新弟子をスカウトした。その時に日本にやってきたモンゴル力士の第一陣のひとり旭鷲山は次のように当時を振り返っている。

相撲部屋に着いたら独特のにおいがした。今から考えるとそれはビン付け油のにおいだったと思う。それは変なにおいだった。黒くて硬くて長いものをもらった。日本のマクラだと思った。まさかそれが商売道具のまわしとはね。「締めろ」というんだけど、むちゃくちゃ恥ずかしくて横から出ないかと鏡を見たよ。そしたら前にビデオで見た相撲とりと同じ姿になったので笑ったりして。

（『人間発見』日本経済新聞社編・刊／傍線―引用者）

モンゴルの力士がフンドシに遭遇した時の衝撃である。戦後ヨーロッパ巡業に出かけた大相撲一行が、裸体にまわしだけでは不謹慎ということで、まわしの下にパンツを着用させられた経緯があったが、それと同じようなカルチャー・ショックを、それもつい最近、同じアジア人の力士がフンドシに対して感じているのである。ちなみに、深作光貞は、朝鮮語のHum-t-osがフンドシの語源ではないか、という説を一笑に付している。

……朝鮮人は漢人と同様に人に裸をみせることをきらい、ふんどしをした者を軽蔑するところがある。だから、元来の朝鮮語に〝ふんどし〟に相当する言葉はないし、〝Hun-t-os〟は、辞書にも載っていない。とすると、日本が朝鮮を占領していた時代に日本人がしきりに朝鮮人にもふんどしをすることをすすめ、仕方なくふんどしをしたという話があるので、この〝Hun-t-os〟とは、日本語〝ふんどし〟の朝鮮なまりではないか、と推定できる。要するに、朝鮮の〝衣〟文化にないものが、日本語の語源にはなり得ないわけだ。

（『「衣」の文化人類学』ＰＨＰ研究所）

では、古今東西の徒手格闘技では何を着用したのだろうか。長谷川の前掲書によれば、朝鮮半島の高句麗古墳舞踏塚の壁面にも安岳第三号古墳の壁面にも相撲図があり、考古学者の森浩一は「ふんどしというよりはパンツ状の下着」としており、中国の研究者は「腰帯」とみなしている。

相撲のような格闘技は人間の本能から発するともいえるスポーツで、太古の昔から世界各地に徒手の格闘技はあったし、今もある。前三〇〇〇年古代メソポタミアの遺跡から発掘された青銅製の「闘技像脚付双壺」は二人の男がまさに相撲をとっているみたいにがっぷり四つに組んでいる。釈迦も相撲のような力業比べをして競り勝って美しい妻を娶ることが出来たという説話がある。古代ギリシャのオリンピックでは、徒手の格闘技が行われていたようだし、『オデュッセイア』にオデュッセウスがイロスと死闘を展開する様が描かれている。

さてオデュッセウスは、ぼろを腰に巻いて陰部を隠し、太く見事な腿を露《あら》わすと、広い両肩、胸、逞しい腕も現われる。（中略）……イロスの胸は惨めにも波立ったが、それに構わず下働きの男たちが、怯える彼に否やをいわせず褌を締めさせて前に曳き出すと、全身の肉がわなわなと震える。

（ホメロス著、松平千秋訳『オデュッセイア』岩波文庫／傍線―引用者）

これを読んで興奮しないわけにいかない。古代ギリシャに「褌」があったのか、と。

フンドシを loincloth と英訳する例がしばしばあるが、あれはどう考えても腰巻のこと。というわけで未だかつてフンドシに相当する欧米語に遭遇したことのないわたしとしては、早速手元の英語訳、そしてギリシャ語原文をのぞく。すると、どうだ。前の方の下線部は、Odysseus girded his old rags about his loins, 'Οδυσσεὺς ζώσατο μὲν ῥάκεσιν περὶ μήδεα, 後ろの方の下線部は、but the servants girded him by force, ἀλλὰ καὶ ὣς δρηστῆρες ἄγον ζώσαντες ἀνάγκῃ となっていて、イロスもオデュッセウスも同じ動詞 gird、ζώσατο、ζώσαντες が使われている。いずれも巻き付ける、あるいは締めつけるという意味には違いないが、「帯を」か「ベルトを」であって、これが「褌を」であるとするのは、超訳ではないだろうか。

ちなみに、古代ユーラシア内陸部で広く普及していた徒手格闘技は、腰にベルトを巻いて行うベルト・レスリングが主流であったと、長谷川は前掲書で詳しく紹介している。このオデュッセウスとイロスの死闘も、『聖書』「創世記」のヤコブと天使の取っ組み合いもそうだし、韓国相撲シルムもその流れを汲むというのだ。

さらに長谷川は、とんでもないことを指摘する。『日本書紀』の「著犢鼻」はフンドシにあらず、というのだ。

> ……これだけなら「犢鼻《とくび》を著《あらわ》し」と読めないこともない。（中略）
> ところが、ここで一つ問題がある。たふさきに漢字を当てるときは必ず犢鼻という文字を使うが、中国でいう犢鼻褌は日本のフンドシとは異なるのである。（中略）中国での一般的理解は短いパンツ、あるいはサルマタのようなものであることでは一致している。（中略）
> 犢鼻褌がフンドシでないとすると、「神代紀」の記述もフンドシとは断定できないではないかということになってくる……。
>
> （『相撲の誕生』青弓社／傍線―引用者）

わたしもかつて「他人の褌で相撲を取る」を「他人のパンツでレスリングする」と訳して顰蹙を買った口なので、本来サルマタを意味した犢鼻褌がフンドシの意味にすり替わっていくプロセスは身につまされる。ともあれ、われらが国技は決して日本男児の独擅場でも、フンドシと切っても切れない関係にあるわけでもないらしいのである。

『ちくま』連載時に以上のように記したところ、塚田孝雄氏から丁寧なお手紙をいただいた。独り占めするのが犯罪になるのではと心配になるほどに、博学多識博覧強記の塚田氏らしい内容の濃い、充実したものなので引用する。

たしかに、現在の朝鮮半島や中国の人々は素肌を人目に晒すことを極度に嫌います（『春秋左氏伝』に晋の文公が楚国に亡命中、楚公の姫君が文公の一枚肋の勇姿をのぞき見て文公に屈辱感を与えたという話もありますしね）。しかし、大昔は身分の低い者には裸が当たり前だったようで、日本の地獄絵に登場する鬼は、大陸から持参した白や紅のフンドシをキリリと締めています。中には、虎や豹の皮の上から、フンドシを締めている奴もいます。しかし少し格が上の鬼はちゃんと上着やズボンを着けておりますから、フンドシ一丁というのは身分が低い者を現しているのでしょう。現代の中国（例外もあるのでしょうが）にフンドシがないのは、刺身の料理が明清以降廃れたのと似て、風俗習慣は変わるものだということを示しているのではないでしょうか。現代中国での一般的理解などというのは、風俗の改変を考えに入れない僻論で、四千年の歴史に嗤われそうです。

宋・元代に発生して明代にほぼ現在の形になった『水滸伝』に、「及時雨、神行太保ニ会ス、黒旋風、浪裏白跳ト闘フ」の条で、浪裏白跳張順が赤條條（あかはだか）になり、唯だ一條の水褌児を纏い、雪よりも白い全身の肉を露わし、頭上の巾幃さえ脱ぎ棄て、あばれ者の黒旋風李逵と船の上で取り組み、やがて大江の江心の清波碧浪の中で組んずほぐれつする場面は、水辺の漁民が褌一丁で魚を捕っていたことを証拠立てています。一條とあるからにはパンツではないでしょう。

大陸の褌と南海の海上民の褌が（どちらも自然発生的なものでしょうが）どう結びついたかは、なお今後の地道な、実証的な研究を必要とすることでしょう。

以下に江戸文化文政時代の碩学狩谷棭斎の「箋注倭名類聚抄」の褌の項を引いておきます。原著では、平安時代の碩学源順の本文を大字で印し、それに棭斎の注を小字で添えています。

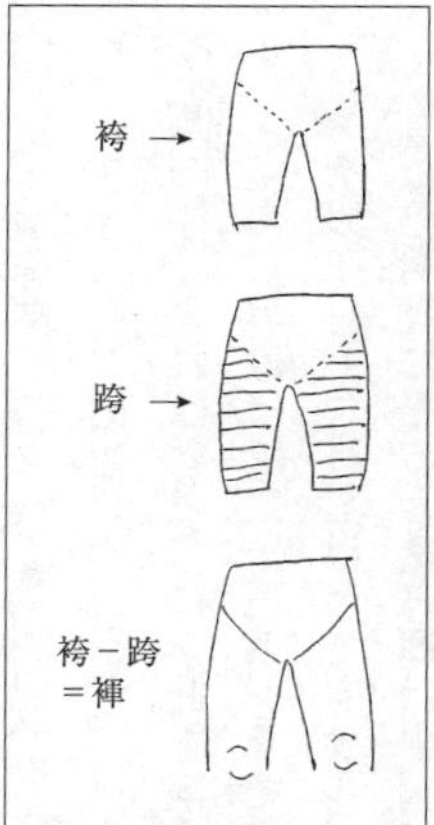

（塚田孝雄氏のイラストより）

褌「方言注」（漢代の揚雄の名著で、古代中国語もしくは漢字を知るには必読の書）ニ云フ。袴ニシテ跨ノ無キヲ褌ト謂フ。（図参照。ここまでだと、漢代の中国では、褌はサルマタ、パンツを意味していたと思える。ところが）史記ニ云ハク「司馬相如、犢鼻褌ヲ著ク」。韋昭曰ハク「今三尺ヲモテ之ヲ作ル。形ハ牛鼻ノ如キモノナリ」。司馬相如列伝の集解には「今三尺もて作ること犢鼻の如し」とあり、韋昭の注によれば、さらに「此を稱する者は其の耻無きことを言ふなり」と続く。漢の一尺はほぼ二十三センチですから三尺で七十センチ。幅はおそらく二十センチ以下!! これではとてもサルマタやパンツはつくれないでしょう。ただ明代になると犢鼻褌は中国では流行らなくなり、倭寇の専売のようになって、日本人といえば、切れ味鋭い日本刀を腰にぶち込んだ、フンドシ（犢鼻褌＝手ふさぎ〔代わり〕）を着けた野蛮人と考えられるようになりました。……

というわけで、かつての中国でも犢鼻褌は、どうやらフンドシだったみたいなのである。

23章　モンゴル少女の悔し涙

「ここは学問の場ですよ。そんな不道徳で不謹慎なこと……」

教頭先生はそこまで言って絶句した。唇が震えている。一九六三年のことだから、もう四〇年も昔の話。プラハ・ソビエト学校の職員室の前で、モンゴル人の少女ツィガンドルシュが教頭先生に叱られていた。モンゴル人の生徒はソビエト学校に七、八人は通ってきていて、揃いも揃って途方もなく勉強が出来なかったから、あれは個人差というよりも、民族的特徴なのではないか、と誰もが口にはしないが思っていた。彼らと顔かたちがそっくりな日本人がわたしを含め四人通っていて、全員が学業成績だけは優秀だったので、こちらのほうは民族的特徴として誰もが口に出して褒め称えてくれたのと好対照だった。ようやく立ち直った教頭先生はつぶやいた。

「……よく恥ずかしくないこと」

呆れ返っている、という様子が目つきにも声音にもにじみ出ている。また宿題で素っ頓狂な間違いでもしでかしたのかしら、とわたしは思い、ツィガンドルシュの顔を覗くと、涙ぐんでいた。わたしは彼女を可哀想とは思わなかった。ほんとうにイライラするほどいつも愚鈍なんだから、とむしろ教頭先生を思い遣ったくらいだ。

「本来一歩でも校内に入ることは、厳禁なのですからね。今すぐ家に戻って、スカートにはきかえてくること」

有無を言わさぬ教頭先生のこのフレーズでようやくわたしはツィガンドルシュの下半身に目をやり、ズボンをはいていることに気づき、初めて彼女に同情を覚えた。わたしも妹とともに転校したての頃、ズボンをはいてきたために、まるで寝間着姿で登校したかのように罪悪視されたのを思い出した。ソビエト学校の先生方は、授業のような公的な場で女性がズボン姿でいることを、この世にあってはならない非常識であると信じていた。あまりにも疑いようもなく当然すぎることだからなのか、予め禁止事項として注意されることも、ましてや明文化されることもなかったぐらいだ。

春夏秋冬の林間学校や遠足などの課外授業で女子や女教師のズボン姿を見かけることはあったし、体育の時間には女子もトレパンや短パンをはいたのだが、いやしくも正課の授業中に女子がズボン姿でいることは、想定外の事態だった。一度だけ、例外中の例外として女子にズボン着用が許されたことがあるにはある。一九六二年の二月下旬に学校のボイラーが故障して三日間暖房がストップしたため、氷点下の気温で授業をするという非常事態になったからだ。それほどに女のズボン姿はとてつもなく異常な現象であったのだ。

わたしには不思議でならなかったし、理不尽に思えた。授業内容や日頃の教師たちの言動には全くと言っていいほど性差別を感じさせるものは無かったし、ソ連の国是として男女平等を高らかに謳ってもいた。医者、研究者の八〇パーセント強が女性で、ワレンチーナ・テレシコーワが女性として初めて宇宙に飛び、「ヤー・チャイカ（わたしはかもめ）」と地球に送信してきた頃のことである。

「かもめのワレンチーナだって、宇宙にはズボンをはいて行ったんでしょうに、先生方はずいぶん保守的というか、古風なのね」

クラスメイトの親友たちに同意を求めたところ、なんとソ連人だけでなく、イタリア人もフランス人もオーストリア人も、

「えっ、日本て女の子でも学校にズボンはいていっていいの?!」

とひどくビックリしてわたしを見た。あれは蛮族を見る目だった。そしてイギリス人のエリスは、忘れもしない、こう言ったのである。

「パブリックスクールだってダメなのよ。姉のマーガレットはケンブリッジに通って

いるけれど、あそこも女学生のズボン着用は厳禁よ」

こうしてわたしは、ヨーロッパ文明圏の人々における「男はズボン、女はスカート」という固定観念の頑強さを思い知ったのだった。

一五世紀、フランスの救国の英雄ジャンヌ・ダルクが捕らえられ、火あぶりの刑に処せられた時、教会は彼女の罪状に、男用のズボンを着用した罪を書き加えたし、一八世紀、フランス大革命の際に断頭台の露と消えたマリー・アントワネットは、革命が勃発するよりずいぶん前に命を落とす可能性があった。ズボン姿で公衆の面前に現れたため、怒り狂った群衆にすんでのところで八つ裂きにされかかったのである。そういう文脈から捉え直してみると、ジョルジュ・サンド（一八〇四年～一八七六年）の男装が社会と文化に与えたショックは、もしかして彼女の文学作品よりも強烈だったかもしれないと思えてきた。今現在ならば、公然と性転換手術を受けるような果敢な行為に映ったのではなかろうか。いや、それ以上か。

ところが、男はズボン、女はスカートという棲み分けが始まるのは、各地域、各民族それぞれ事情も時期も異なるが、大多数の国々においては、ごく最近のことであり、少なくとも、この棲み分けに先行する実に長い長いあいだ、男女の下半身衣は同じ形状をしていた。それは、地球上の各地域で発掘される出土品や文献からも明らかであるだけでなく、たとえば、スコットランドやアイルランドやギリシャやインドネシアの男たちは、今もとくに祭りともなるとズボンではなくスカートを好んではく。人類の基本的衣服はスカートで、ズボンはあとから発見、発明された、あるいは余所から導入されたとする考え方は欧米の衣服史において主流を占める。

日本語、ロシア語、英語（筆者の語学力に限界があり、他の言語のものは読めず）の事典類を一通り眺めた限り、人類の衣服の祖型は、①紐衣型（ligature）、②腰衣型（loincloth）、③巻き衣型（drapery）、④貫頭衣型（tunic）、⑤前開き型、⑥ズボン型に分類されていて、その下半身部に注目してみると、⑥以外は、たしかにどれも股を覆わないスカート型なんである。

旧石器時代の人物像やエジプトの奴隷像、現存の未開人たちが腰に紐状のものを巻きつけていることなどから①は獣皮衣とともに人類にとって衣服の元祖ともいうべきものであり、②はこれの変形、発展形とも言うべきもので、古代エジプトなどの地中海沿岸や熱帯地方に多い、腰から下を覆う衣服で、エプロンもこのヴァリエーション。インドネシアなどのサロン、ミャンマーのロンギ、日本の腰巻など皆これに分類される。③は古代ギリシャのキトン、ローマのトガ、インドのサリーなど縫合せのない衣服、長方形の布を身体に垂らしたり巻いたりして襞を寄せ、布の両端を結び合わすか、帯や紐をしめるか、留具で留める。④は、布の中央に頭を通す穴を開け、腕を通す袖をつけた形で、弥生時代から平安時代に至るまで、圧倒的多数の日本の庶民の服装はこれ。南米のポンチョなど、今にその形を残す。古代ローマ人がトガの下に着たトゥニカ（チュニック）もこれ。現代の服はこの④が祖型。⑤は東アジアに多く、日本の着物、中国の衫《さん》（いわゆる中国服）、ベトナムのアオザイ、朝鮮のチョゴリなどがこれ。⑥はユーラシアの遊牧民から周辺民族に浸透していった。

西欧についていえば、中世半ば頃まで、男女ともにゆったりした足首丈の貫頭衣型のコットというワンピースを着用していたようである。紀元前五〇〇年頃からスキタイ族やフン族やサルマート族などとの交わりを通して、ズボン型が浸透してくるのだが、そのたびに頑強な抵抗に遭っている。

現在中国服と呼ばれている胡服のような身体にピッタリした上着やズボンは、遊牧民系の王朝になるまでは中国でも長いあいだ蛮族の服として蔑視の対象であったし、古代ローマ帝国では、ズボンも股引も「蛮人の服」として禁止されていた。違反者は刑罰に処せられ財産を没収されたほどだ。しかし、軍人は例外だった。将軍たちは戦勝パレードに紫色のズボンを着用して臨んだと伝えられる。

塚田孝雄氏によると、股引のラテン語は feminalia と言うが、これは femina（女の）という語から派生した言葉で、ローマの男性にとっては「女々しさ」と多分に野蛮なものとして意識された衣類だった。これは、フン族の移動に押されてユーラシア大陸から移動してきたゲルマン人やガリア人、中東のペルシャ人の衣類と考えられていた。しかし行動に便利で馬上での移動、寒冷地への遠征には適していたので、紀元一世紀後半にもなると、皇帝でも大っぴらに着用するようになる。それでも、初代皇帝でローマの威望の象徴たるアヴグストゥスともなると、トガの下に隠さねばならなかった。

生涯を通じて何度かアヴグストゥスは、命も危ぶまれる重い病気にかかった、特にカンタブリアを征服したあとで。そのとき肝臓が膿瘍《のうよう》におかされ、生命も絶望視されて余儀なく、一か八かのまったく正反対の治療を受けた。（中略）いくつかの病気は毎年きまった時期にくりかえし患《わずら》った。誕生日のころになると、いつも体の具合がわるくなったし、春の始めには鼓腸で、南の烈風の吹く頃には鼻炎で悩まされた。

そのために体も弱って寒さにも暑さにもかんたんに耐えられなかった。冬には厚地の市民服（トガ）の下に内着を四枚も重ね、さらに肌着と毛の股引《ももひき》

（膝小僧までの半股引―A.D.一世紀にはくるぶしまでのびる）と脛当《すねあて》（布もしくは毛の長靴下もしくは脚絆）とで体を庇《かば》っていた。夏には寝室の扉を明け放し、しばしば中庭の柱廊に出て噴水の側《そば》で横になり誰かに扇で煽《あお》いでもらっていた。

（スエトニウス著・国原吉之助訳「アウグストゥス」『ローマ皇帝伝　上』所収、岩波文庫／括弧内注―塚田孝雄）

西ローマ帝国崩壊後の西欧では、十字軍の遠征などを通して東の文化文明に触れ、ズボンが普及しかかるものの、しばらくするとスカート型に揺り戻している。それでも武装した際はズボン着用が当たり前となっていき、その影響をうけて一五世紀には、男子服が胴衣とズボンとに分かれ、女子服も胴衣とスカートに分離したのだった。

日本においても、大陸から騎馬の風習とともに入ってきた弥生期、律令国家の制服として役人に支給された平安期、軍服として着用が義務づけられた明治期など古代から近代へかけてズボンが男のしかるべき服装として何度も海外から来襲したものの、導入期を過ぎると、必ずスカートがズボンを駆逐して、まるで形状記憶合金のように、いつもスカートに戻って行った、と武田佐知子は述べている（「男装・女装――その日本的特質と衣服制」『ジェンダーの日本史　上』所収、東京大学出版会）。

スカートの英語skirtの語源は、古英語のシャツを意味するscyrteで、低地ドイツ語の婦人用ガウンを表すschärtに由来する。フランス語ではジュープjupeという。ポーランド語のjupa、ロシア語のスカートを意味するюбка（ユープカ）と語源は同じで、アラビア語の木綿下着を意味するzuppaにさかのぼる。これは、和装用の下着を意味する糯袢の借用元とされるポルトガル語のgibaoの語源でもある。

要するに、現在スカートを意味する英語のskirtもフランス語のjupeもポーランド語のjupaもロシア語のюбкаも、元は上半身に着用する下着を意味していて、貫頭衣のようなワンピースが上下に分かれた結果生まれたらしいことを物語っている。ユーラシアを中心に据えると、それをグルリと囲む東西南北各周辺地域において衣服の文化は驚くほどよく似た発展を遂げたともいえる。衣服の本流はワンピースから派生したスカートで、ズボンは外から、遊牧民のユーラシアからやって来ている。

とここまで来て、わたしはあっと叫んだのだった。ユーラシアの中心にいた遊牧民にとっては、スカートではなくズボンこそが衣服の本流だったのかもしれない、と。中央アジアのウズベキスタンやトルクメニスタンを旅したときに、現地の女たちがことごとくワンピースの下にシャロワール風ズボンをはいていたのを思い出した。中国服でも、ベトナムのアオザイでも女たちはワンピースの下にしっかりズボンをはいている。遊牧民ではないけれど、遊牧民の支配下や影響下に長くおかれた地域だ。

スカートを当然視する教頭先生に叱りつけられるモンゴルの少女ツィガンドルシュの悔しさを、今改めて思い知った。子どもの頃から馬上で過ごすことの多いモンゴル人にとって、ズボンこそは男女を問わず当たり前の衣服であったのではないか、と。

そして、ソビエト学校にいたモンゴル人の生徒たちが揃いも揃って勉強が出来なかったのは、決して頭脳が劣っていたためなどではなくて、あまりにも発想法や常識に隔たりがあったためかもしれないと思えてきたのだった。女のズボン姿に対するヨーロッパ人の嫌悪と不寛容は、ローマ帝国を崩壊へと促したフン族や、蒙古軍の蹂躙に怯えた遠い祖先たちの記憶のなせる業なのか、とも。

24章　乗馬が先かパンツが先か

わずか一カ月の攻撃でイラクを征服したアメリカは、石油施設をいち早く手厚く保護したものの、人類文明のゆりかごメソポタミアの遺跡、遺構の多くを容赦なく空爆で破壊した上に、貴重な遺物が火災や盗難で消失、散逸するのを防ぐ努力はしなかった。連邦予算の五〇パーセント以上を軍事支出が占める、まさに戦争中毒のアメリカが次に狙うターゲットはイランと言われている。そうなると、ペルセポリスのダリウス宮殿の遺跡（前六世紀）も同じ運命をたどるのだろうか。

あそこのアパダナ（謁見殿）のレリーフには、馬とともに朝貢する騎馬民族サカ人の姿が浮き彫りにされている。サカ人は明瞭にズボンと分かる服装をしている。ズボン＝パンツの普及が、乗馬の普及とほぼシンクロしていたことを物語る貴重な資料の一つだ。

……中央アジアを原住地とした騎馬遊牧民族アーリア人は、紀元前二五〇〇～前二〇〇〇年代から徐々に南下し始め、前七～前五世紀には黒海北部からメソポタミアに達した。（中略）

……四世紀後半の民族大移動の開始とともに、北方系の衣服を特徴づけるズボン形式はユーラシア大陸の各地へと拡大していった。

（電子ブック版『日本大百科全書』小学館／傍線―引用者）

ズボンと筒袖の上着の普及は、騎乗の普及とともに伝播《でんぱ》し、ゲルマン人やケルト人はもちろん、中国人さえ胡服といって、それを受け入れた。

（『世界大百科事典』平凡社／傍線―引用者）

この伝播元については、スキタイとする説が多い。

スキタイは、武器・馬具、服装、そして黄金の装飾品にその特徴がある。服装は、胸の開く上衣にズボンをはき、腰にはベルトを締め、サンダルでなく靴をはいている。この機能的な服装はまさに現代に通じるスタイルで、ヨーロッパから

金銀製のアンフォラ（壺）に描かれたスキタイ人。前4世紀、チェルトムリク出土。末崎真澄編『図説　馬の博物誌』（河出書房新社）より。

世界に広がった背広の原点となったものである。
（末崎真澄編『図説　馬の博物誌』河出書房新社／傍線─引用者）

ユーラシアのステップ地帯に遊牧騎馬民族が出現するのは、紀元前二〇〇〇年頃と推定されている。彼らが神出鬼没して、あちこちの定住民を震撼させるようになるのは、紀元前一〇〇〇年頃から。ヘロドトスは『歴史』第四巻でスキタイ人その他について、司馬遷『史記』は「匈奴列伝」で匈奴について、いずれも定住民の立場から、その特徴を描き出しているのだが、まるで連絡を取り合って記したかのように恐ろしくよく似ている。東西六〇〇〇キロに及ぶ距離は、機動力に優れた遊牧騎馬民族にとっては大したものではなかったらしく、生活様式と習俗の相互浸透は著しい。同じ文明圏を形成していたといっても過言ではない。①農耕を営まず、②天然の缶詰＝家畜を遊牧しながら移動するので、③定住先の町や村を持たず、④集団の成員全員が自在に馬を乗りこなし、⑤弓矢を武器としているので、⑥兵站に縛られない。要するに、機動性に富む軍隊であり続けることと、日常生活を滞りなくおくり続けることが矛盾なく共存するのだから、定住民にとっては脅威である。

　騎乗服としては、筒袖の上衣とズボンでなければならないが、長い袖の上衣とスカートの、いわゆる衣裳をまとっていた中国人にとっては、筒袖の上衣とズボンの、いわゆる袴褶《こしゅう》の胡服を着ることは、夷狄《いてき》をまねることであって、趙《チョウ》の武霊《ブレイ》王の故事でもわかるように、ひじょうな決心を要することであった。

（江上波夫『騎馬民族国家』中公新書／傍線―引用者）

　騎馬民族の来襲に直接さらされる定住民国家は、対抗上、己の軍隊にも騎馬を取り入れざるを得ず、それに伴って騎馬に便利な服装も取り入れた、というわけである。そして、彼ら経由で、他の、遊牧騎馬民族との直接のコンタクトを持たない民族にも広まっていく。

紀元前二〇〇〇年頃から、黒海、カスピ海、紅海をふくむ地域には、ヒッタイト人、ペルシャ人、インド・ヨーロッパ人たちが広く侵入していた。その結果、古来から地中海沿岸に住む人々の開放的な衣服と全く対照的な閉鎖的な構造の衣服が出現した。（中略）……移住者たちは、遠い祖国のステップ地方からズボンと短いキュロットを持ち込んだ。（青木英夫『下着の文化史』雄山閣出版／傍線―引用者）

ズボンを伝播させた大本が、遊牧騎馬民族と推定されたために、ズボンの起源そのものを、乗馬と結びつける研究者も多い。

……ズボンの起源については、ペルシアに限らず、古代西・中央アジアの草原遊牧民の社会一般にさかのぼる必要がある。トルコ人とモンゴル人の共通の祖先とされるフン族（匈奴）、基本的にはイラン系とみなされるスキタイ人やサルマート人などは、長い間、皮や革でつくられたチュニックとズボン、それにブーツといった装いであった。とくに長ズボンはステップ地帯の乗馬の慣習と不可分に結びつき、北方ユーラシアの冬期における防寒服としても機能し、遊牧民の長距離移動の生活を通じて、南ロシアから興安嶺にかけて広く分布するようになった。（中略）東北アジア方面では、アルタイ山麓からモンゴル高原を拠点にフン族を介して広まった。中国人はこの服装を〈胡服〉と呼び、朝鮮半島を経て、奈良時代の日本にもその余波が及んだ。唐代中国の女たちにとって、胡服の美姫の乗馬スタイルはあこがれの的であったというから、ズボンは古来男の独占物であったというより、〈馬に乗る人間〉の独占物であったといえよう。

西方ユーラシアでは、ズボンはスキタイ人やサルマート人によって北シリア、黒海沿岸、南ロシア方面へ広められた。（中略）前六世紀の末ころから（中略）ドナウ下流や近東に進出し、スキタイ人やペルシア人と接触していたケルト人は、前二世紀にフン族におされて西方へ移動する過程で、ゲルマニアとガリアに長ズボン（フランス語のブレー braies）をはく風習を広めた。四世紀末以来ゲルマン民族移動の時代になると、今度はゴート人がサルマート人の乗馬術とズボンを西ヨーロッパにもちこんだ。こうして東方ステップの遊牧民起源のズボンは、蹄鉄《ていてつ》や鐙《あぶみ》など鉄の文明とともに、まず〈馬に乗る人間〉すなわち騎士の習俗として中

世初期ヨーロッパに伝えられ、やがて馬耕の普及もあって、農村社会にも広まっていった。[井上泰男]

（『世界大百科事典』平凡社／傍線―引用者）

まるで乗馬の必要性からズボンが発明されたかのような口振りである。そもそも人類が馬に乗るようになるのは、いつからなのか。

末崎真澄は、「乗馬の始まりは、今のところ紀元前三〇〇〇年頃までに中央ユーラシア草原地帯の牧畜民によってなされたという説が有力」（前掲書）と述べているが、佐原真著の『騎馬民族は来なかった』（NHKブックス）によると、その時期はさらにさかのぼる。

現生馬の祖先と原人類の祖先が出会ったのは、およそ三万年ぐらい前ではないか、と推定されている。その頃ヨーロッパ地域に棲息した旧石器時代の人々が洞窟の中に絵を残していて、描かれた動物たちの中で馬の占める割合が一番で、有名なラスコーの洞窟では、何と六〇パーセント弱を馬の絵が占めていたというデータを、横山祐之は『芸術の起源を探る』（朝日選書）の中で紹介している。

イギリスの考古学者P・バーンは、すでに旧石器時代に馬を飼っていた可能性がある、と言う。繋がれた馬は退屈のあまり柵や飼い葉桶をかじる。そのため前歯が、野生馬とは異なる特殊な減り方をする。そういう馬の骨がフランスの旧石器時代の遺跡から出てきていることから、数万年前からすでに人は馬を飼っていたと言うのだ。イギリスのD・アントニーとD・ブラウンは、馬を操縦するための馬銜《はみ》によって歯に残った特有の痕跡をとどめる馬骨を探し出すために、フランス、イラン、旧ソ連の遺跡から前二万五〇〇〇年以降の馬の歯の遺骨資料を得て走査電子顕微鏡で調べ、乗馬の起源が今から六〇〇〇年前であることを明らかにした。以上が佐原の論拠。

乗馬発生の時期にこだわるのは、一九六四年に中部ロシアはヴォルガ河畔のヴラジーミル市近郊クリャズマで、スンギル集落と名づけられた遺跡が発見され、三万年前に埋葬されたと思われる旧石器時代人の遺骨がズボンを着用していたことが判明したからだ。

マンモスの牙から切り取り、穴を開け、研磨した三五〇〇個以上のビーズが、糸を通されて飾り物となり、遺骨の腕や足首を飾っていた。また衣服の縫い代《しろ》に沿ってビーズが縫いつけられていた。衣服そのものは腐って土に還ってしまっていたが、ビーズの並び具合が衣服の仕立て具合をしっかりなぞっていた。そして、その形状は、今現在も北極圏に住む人々、エスキモーやカラーリットやナナイやネネツが着用するフード付きの（作業服や飛行服みたいな）つなぎ服に驚くほど似ていたのだった。毛皮製の上衣の下端に、足を別々にくるむ二本の毛皮の筒の上端が縫いつけられ、腕を別々にくるむ二本の毛皮の筒の上端もまた上衣の左右に設けられた腕用の穴に縫いつけられ、頭用にくり抜かれた穴には、毛皮製の頭巾が縫いつけられていた。針は獣骨から造ったもので、針の一方の先端には糸を通す穴がこしらえられていて(石器で!!)、彼らはこれで裁断された獣皮や毛皮を縫う術を心得ていた。針を器用に使って、つなぎ服やコートやズボンや帽子や靴を縫い上げていたのだ。

考古学者たちが、後期旧石器時代の衣服の形状について、実物の遺跡で確認したのはスンギル集落跡が初めてであったが、実は、その形状については以前から知っていた。とくに、M・M・ゲラシモフとA・P・オクラドニコフによるシベリアはバイカル湖畔のマリタ集落跡とブレチ集落跡の発掘のおかげである。旧石器時代の地層の住居跡で発見された装飾品や彫像の見事な芸術的完成度とリアルな描写力に発掘者たちは驚嘆した。その中に、毛皮の衣服を着た女たちをあらわす彫像が二〇体あった。

現代の極北地帯の狩人の衣服。スンギル集落跡の住民の着衣によく似ている。

表に出ているのは顔だけで、残りの身体の全表面が毛皮製の一種のつなぎ服で覆われていたのである。

一九六三年にブレチ集落跡の旧石器時代の地層から発掘された彫像（同じものが、その後マリタ集落跡からも発掘されている）には、ハッキリと衣服の形状や材質が映されている。毛皮部分は半円形に彫り込まれた弧のかたまりが一定の間隔で配されることによって表現されており、つるつるした顔の表面と明らかに異なる表面になっている。顔はフサフサしたフードの縁取りで囲まれていて、たっぷりしたフードはてっぺんがとがっている。スンギル集落跡の衣服の遺物は、この形状の衣服が実在したことを証明する役割を果たした。

海洋獣を追う北極地帯の狩人や、トナカイを放牧するツンドラの牧童たちの格好は、今もこれと瓜ふたつである。それもそのはず。二万〜三万年前のバイカル湖畔は今の凍土帯とそっくりな気候で、全身を毛皮で覆うつなぎ服無しに過ごすのは、たとえ原始人であろうとも不可能だったのではないか。全身を毛皮で覆うつなぎ服は、真冬の雪や風や霰や嵐の中でも体温を保ち、同時に身体の動きを妨げないという利点があった（以上は、Матюшинг. Н. Археологически словарь. М., 1996. および Бабкин Ярслав "Предыстория Восточной Европы" を参考に記す）。

14章で確認したように、人類の衣服の起こりは、紐衣にあり、その原因は性器をさらすことに対する恥じらいでも、寒さに対する防御でもなく、何よりも悪霊祓いを目的とする呪術的な、あるいは祝祭的、装飾的なものであった。ロシアの歴史学者、A・ゴルボフスキイ著『食卓の人』によると、今もスーダンのボルヌーという集落の人々は、客があると、持っている全ての貫頭衣（袋に頭と手を通す穴が開いたもの）を何重にも着込んで歓迎するのに、客が帰るとその全てをはぎ取って、普段は全裸で過ごす。

南米に残る貫頭衣の残滓ポンチョも、貫頭衣のウエスト部分に紐をまわして結んだキトンも、当初は儀式的な飾り物の要素が強かった。この本来呪術的儀礼的だったはずの衣服が、たまたま氷河期に冷え込んだ地域から逃げ出しもせず死に絶えもせずに生き延びた一部の人々にとっては、寒さを凌ぐための必需品となったのではないだろうか。

そのようにして、身体にピッタリした、ズボンも、股引も、パンツも、そして袖付きの上着もシャツも生まれたものと思われる。少なくとも南で生まれた痕跡はない。古代ギリシャ人も、古代ローマ人も、古代ゲルマン人も、股引や袖付きシャツや袖付き上着を知ったのは、外来のものとしてだ。プリニウスは、一部のローマの名家がシャツや股引の着用を嫌がって抵抗する様を伝えている。

その後、フランス南部やスペインに残された後期旧石器時代の遺跡に、毛皮をまとった人や、毛皮のズボンを着けた人が確認されているので、ズボン形式の衣服の誕生は、今から三万年前から二万五〇〇〇年前の石器時代にさかのぼると考えて間違いない。

ということは、人が乗馬を覚えた六〇〇〇年前から三〇〇〇年前よりもはるか以前に、ということになる。馬に乗るためにズボン＝パンツが考案されたのではなく、ズボン＝パンツを着用していたからこそ、馬を乗りこなすようになった、と考えた方がよさそうだ。

そして何と今まで幾度となく目を通しながらも何故か見過ごしていた記述を馴染みの百科事典の中に「発見した」のだった。わたしの目は節穴だったのだ。


フランスの南部やスペインに残された後期旧石器時代の遺跡には、毛皮をまとった人物や、毛皮のズボンだけをつけた人物が描かれている。他方、エスキモー人の毛皮の着衣からしても、ズボン形式の衣服の誕生は、少なくとも石器時代にさかのぼると推定される。［石山彰］　（電子ブック版『日本大百科全書』小学館）

というわけで、二年間にもわたって格調高い「ちくま」の誌面を汚してきた連載を、次のフレーズで締めくくることをお許し願いたい。

さきにパンツありき。

【主な参考資料】　＊書名五〇音順

『アエネーイス（世界古典文学全集　第二一巻）』ウェルギリウス（泉井久之助訳）、筑摩書房、一九八三
『アジアのなかの日本史　V　自意識と相互理解』荒野泰典・他編、東京大学出版会、一九九三
『アラビア・ノート――アラブの原像を求めて』片倉もとこ、ちくま学芸文庫、二〇〇二
『アンネナプキンの社会史』小野清美、宝島社文庫、二〇〇〇
『アンネの日記　完全版』アンネ・フランク（深町眞理子訳）、文春文庫、一九九四
『「衣」の文化人類学――「下半身の装い」に探る人間の本性と変身への願望』深作光貞、PHP研究所、一九八三
『衣服は肉体になにを与えたか――現代モードの社会学』北山晴一、朝日新聞社、一九九九
「いまは昔　下着「パンツ」まで長い長い時」奥武則、『毎日新聞』二〇〇〇年七月三日付朝刊
『江戸文学問わず語り』円地文子、ちくま文庫、一九九二
『NHKエルミタージュ美術館　第四巻　スキタイとシルクロードの文化』五木寛之・NHK取材班編著、日本放送出版協会、一九八九
『王様も文豪もみな苦しんだ性病の世界史』ビルギット・アダム（瀬野文教訳）、草思社、二〇〇三
『オデュッセイア』上・下、ホメロス（松平千秋訳）、岩波文庫、一九九四

『男の粋！　褌ものがたり』越中文俊、心交社、二〇〇〇
『男を虜にする愛の法則――パリ高級娼婦館女主人の告白』クロード・グリュデ（伊藤緋紗子訳）、講談社、一九九六
『女と男、家と村（古代史の論点 2）』都出比呂志・佐原真編、小学館、二〇〇〇
『海軍式男の作法22章』幾瀬勝彬、光人社、一九八五
『ガン病棟』第一部、第二部、ソルジェニーツィン、小笠原豊樹訳、新潮社、一九六九
『騎馬民族国家――日本古代史へのアプローチ［改版］』江上波夫、中央公論社、一九九一
『騎馬民族は来なかった』佐原真、日本放送出版協会、一九九三
『キリスト教美術図典』柳宗玄・中森義宗編、吉川弘文堂、一九九〇
『靴下の歴史』坂田信正、内外編物、一九七一
『クロニック戦国全史』池上裕子・他編、講談社、一九九五
『軍人入営案内』稲垣盛人、駸々堂、一九〇一
『芸術の起源をさぐる』横山祐之、朝日新聞社、一九九二
『口語訳　古事記［完全版］』三浦佑之、文藝春秋、二〇〇二
『廣文庫』物集高見、廣文庫刊行会、一九一六～一八
『古事記』倉野憲司校注、岩波文庫、一九六三
『古事類苑　服飾部』吉川弘文館、一九九八
『古代国家の形成と衣服制――袴と貫頭衣』武田佐知子、吉川弘文館、一九八四
『古代日本海域の謎――海からみた衣と装いの文化』森浩一編、新人物往来社、一九八九
『サイケ』姫野カオルコ、集英社、二〇〇〇

『朔北の道草――ソ連長期抑留の記録』朔北会編、朔北会、一九七七
『時代風俗考証事典［新装新版］』林美一、河出書房新社、一九九九
『下着の文化史』青木英夫、雄山閣出版、二〇〇〇
『下着ぶんか論――解放された下着とその下着観』鴨居羊子、凡凡社、一九五八
『下着を変えた女――鴨居羊子とその時代』武田尚子、平凡社、一九九七
『シベリアの鉄鎖』松尾武雄、国書刊行会、一九八三
『シベリアの「日本新聞」――ラーゲリの青春』落合東朗、論創社、一九九五
『シベリアの日本人捕虜たち［完訳］』セルゲイ・I・クズネツォーフ（長勢了治訳）、長勢了治、二〇〇〇

『シベリヤの歌――一兵士の捕虜記』いまいげんじ（今井源治）、三一書房、一九八〇
『シベリヤ抑留兵よもやま物語』斎藤邦雄、光人社、一九八七
『謝罪します』八尾恵、文藝春秋、二〇〇二
『囚人護送車ストルイピン――シベリア流刑の黙示録』関口弘治、日本編集センター、一九八三
『収容所から来た遺書』辺見じゅん、文春文庫、一九九二
『昭和経済史』竹内宏、筑摩書房、一九八八
『女子大生のファッションキーワード図鑑（東横学園女子短期大学女性文化研究所叢書　第9輯）』有馬澄子・布施谷節子編著、東横学園女子短期大学女性文化研究所、二〇〇一
『新訓万葉集』上・下、佐佐木信綱編、岩波文庫、一九八二
『新聖書大辞典』馬場嘉市編、キリスト新聞社、一九七一
『身体の中世』池上俊一、ちくま学芸文庫、二〇〇一

『身体の零度――何が近代を成立させたか』三浦雅士、講談社、一九九四
『新聞広告一〇〇年』朝日新聞社編、朝日新聞社、一九七八
『新編西洋史辞典［改訂増補］』京大西洋史辞典編纂会編、東京創元社、一九九三
『図解服飾事典』田中千代編著、婦人画報社、一九五五
「進め。踊れ。脚。脚。脚。」サラ・ティズリー、『is』第八四号、ポーラ文化研究所、二〇〇〇年九月
『図説　馬の博物誌』末崎真澄編、河出書房新社、二〇〇一
『スターリンの捕虜たち――シベリア抑留・ソ連機密資料が語る全容』ヴィクトル・カルポフ（長勢了治訳）、北海道新聞社、二〇〇一
『相撲の誕生［定本］』長谷川明、青弓社、二〇〇二
『図録日本の合戦武具事典』笹間良彦、柏書房、一九九九
『生活文化史　4号　下着の革命と女性解放』雄山閣出版、一九八四
『性と日本人（日本人の歴史　第4巻）』樋口清之、講談社、一九八〇
『聖書』（文語訳）日本聖書協会、一九七五
『聖書』（現代語訳）日本聖書協会、一九七五
『聖書』（各国語訳）はインターネットの多国語 Bible 検索の Bible(http://ebible.echurch-jp.com/)を利用した。
『世界大百科事典』平凡社
『世界の神話伝説　総解説［改訂版］』自由国民社、一九九八
『世界服飾文化史図鑑』アルベール・ラシネ（国際服飾学会編訳）、原書房、一九九一

「絶滅危惧下着　ふんどしの旅」北村哲朗、『朝日新聞』二〇〇〇年六月一三日付朝刊
『ソ連獄窓十一年』(一)〜(四)、前野茂、講談社学術文庫、一九七九
『大漢和辞典』諸橋轍次、大修館書店
『大日本國語辞典』冨山房
「旅はつらいよ(男の分別学)」東海林さだお、『オール讀物』二〇〇一年五月号
『ダワイ・ヤポンスキー』鈴木省五郎、陽樹社、一九七六
「男装・女装——その日本的特質と衣服制」武田佐知子、『ジェンダーの日本史』上、脇田晴子、S・B・ハンレー編、東京大学出版会、一九九四
『罪と罰(ドストエーフスキイ全集 6)』米川正夫訳、河出書房、一九五七
『天下無双の建築学入門』藤森照信、筑摩書房、二〇〇一
『トイレットペーパーの話——再生紙使用が地球を救う』神谷すみ子、静岡新聞社、一九九五
『トイレの歩き方——びっくり世界紀行、密室でくりひろげられる、人にはいえないエピソード』トラベル情報研究会編、青春出版社、二〇〇〇
「東京・上海　半世紀の風俗史」井上章一、『大航海』一九九九年二月号
『東方見便録——「もの出す人々」から見たアジア考現学』斉藤政喜(文)・内澤旬子(イラスト)、小学館、一九九八
『土器の造形　縄文の動・弥生の静』(図録)東京国立博物館、二〇〇一
『日本軍捕虜収容所の日々——オーストラリア兵士たちの証言』ハンク・ネルソン(リック・タナカ訳)、筑摩書房、一九九五
『日本書紀　全現代語訳』上・下、宇治谷孟、講談社学術文庫、一九八八

『日本随筆大成（別巻7～10「嬉遊笑覧」）』日本随筆大成編輯部編、吉川弘文館、一九七九
『日本大百科全書』（電子ブック版）小学館
『日本の地獄絵』宮次男、芳賀書店、一九七三
『日本洋装下着の歴史』㈳日本ボディファッション協会編集委員会編、文化出版局、一九八七
『入浴・銭湯の歴史』中野栄三、雄山閣、一九九四
『人間発見――時代を変革する50人』日本経済新聞社編、日本経済新聞社、一九九八
『働き蜂の恋』アレクサンドラ・コロンタイ（邦題『赤い恋』一九二七）
『はにわ――形と心』（図録）国立歴史民俗博物館編、朝日新聞社、二〇〇三
『ハルローハ、イキテイル――私のシベリア記』落合東朗、論創社、一九八二
『パンツが見える。――羞恥心の現代史』井上章一、朝日新聞社、二〇〇二
『ビゴーが見た日本人――風刺画に描かれた明治』清水勲、講談社学術文庫、二〇〇一
『卑弥呼は大和に眠るか――邪馬台国の実像を追って』大庭脩編著、文英堂、一九九九
『百年前の日本（セイラム・ピーボディー博物館蔵モース・コレクション／写真編）』構成・小西四郎／岡秀行、小学館、一九八三
『ファブリ世界名画集6　ティツィアーノ』平凡社、一九七一
『ファブリ世界名画集33　ゴーガン』平凡社、一九七〇
『福翁自伝〔新訂〕』福沢諭吉、岩波文庫、一九七八
『服装大百科事典〔増補版〕』服装文化協会、文化出版局、一九八六
『服装文化史〔新版〕』鷹司綸子、朝倉書店、一九九一
『褌』松木実編、成光館出版部、一九二七

「フンドシチラリ」『ガセネッタ&シモネッタ』米原万里、文藝春秋、二〇〇〇
『平安朝服飾百科辞典』あかね会編、講談社、一九七五
『ペルシア民俗誌』A・J・ハーンサーリー（岡田恵美子訳註）、サーデク・ヘダーヤト（奥西峻介訳註）、平凡社、一九九九
『明治不可思議堂』横田順彌、ちくま文庫、一九九八
『モースの見た日本（セイラム・ピーボディー博物館蔵モース・コレクション／日本民具編）』構成・小西四郎／田辺悟、翻訳・大橋悦子、小学館、一九八八
『望月佛教大辞典』望月信亨、世界聖典刊行協会
『やわらかなアラブ学』田中四郎、新潮社、一九九二
『有識故実大辞典』鈴木敬三編、吉川弘文館、一九九六
『洋服と日本人――国民服というモード』井上雅人、廣済堂出版、二〇〇一
『よそおいの民俗誌――化粧・着物・死装束』国立歴史民俗博物館編、慶友社、二〇〇〇
『リラの花と戦争』戸泉米子、福井新聞社、二〇〇〇
『歴世服飾考』故実叢書編集部編、明治図書出版、一九九三
『ローマ皇帝伝』上・下、スエトニウス（國原吉之助訳）岩波文庫、一九八六
『ロングフェロー日本滞在記――明治初年、アメリカ青年の見たニッポン』チャールズ・A・ロングフェロー（山田久美子訳）、平凡社、二〇〇四
「わがアイデア母さん」『わが人生の時刻表』井上ひさし、集英社文庫、二〇〇〇
『和漢三才図会』寺島良安（島田勇雄・他訳注）、平凡社、一九八五〜九一

All the Works of Michelangelo, Luciano Berti, Bonechi Editore, 1968

Francisco Goya, Eric Young, Thames and Hudson, London, 1978

Илиада. Гомер Пер. Н. И. Гнедича. М., Гос. изд-во художественной литературы, 1960（『イリアード』ホメロス、N・I・ブネデッチ訳、モスクワ、国立文芸出版社、一九六〇）

Одиссея. Гомер Пер. В. А. Жуковского М., Гос. изд-во художественной литературы, 1959（『オデュセウス』ホメロス、V・A・ジュフスキイ訳、モスクワ、国立文芸出版社、一九五八）

Память тела. Нижнее белье советской эпохи. Католог выставки, Подред. Е. Деготь, Ю. Демиденко Государственный музей истории Санкт-Петербурга, М., 2000（『身体の記憶――ソビエト時代の下着』展カタログ、E・デーゴチ、Y・デミデンコ編集、国立サンクトペテルブルグ博物館、モスクワ、二〇〇〇）

Товарный словарь. В 9-ти томах. М., Госторгиздат, 1956-1961（『商品辞典』全九巻、モスクワ、国立商業出版社、一九五六～六一）

Школа и производство, М., "Педагог", 1986. №1（『学校と生産』誌一九八六年一号、教育者出版、モスクワ）

Большая Советская энциклопедия, Издательство《Большая Советская Энциклопедия》, М., 1926-1947（『大ソビエト百科事典』大ソビエト百科事典出版社、モスクワ、一九二六～一九四七）

Большая Советская энциклопедия, Издательство《Большая Советская Энциклопедия》, М., 1950-1960（『大ソビエト百科事典』大ソビエト百科事典出版社、モスクワ、一九五〇～一九六〇）

Большая Советская энциклопедия, Издательство《Большая Советская Энциклопедия》, М., 1969-1981（『大ソビエト百科事典』大ソビエト百科事典出版社、モスクワ、一九六九～一九八一）

Форма ГПУ-ОГПУ 1922-1934, В. Куликов, М., 1991（『GPU-OGPUの制服 一九二二―一九三四』V・クリコフ、モスクワ、一九九一）

Дневник 1934 года. Цит. по: Шмаков Г. Михаил Кузмин, 50 лет спустя//Русская мысль. 1987. 5 июня（『一九三四年の日記』ミハイル・クズミン、執筆当時は反革命的であると断罪され刊行されず、『ロシア思想』紙一九八七年六月五日号に載ったG・シュマコフ著「あれから五〇年のミハイル・クズミン」に引用されたもの）

Записки блокадного человека, Лидия Гинзбург, Советский писатель, Л., 1989（『封鎖された都市に生きた人間の手記』リディア・ギンズブルグ、ソビエト作家出版社、レニングラード、一九八四）

Краткий курс истории нижнего белья Советского Союза, Юлия Демиденко, М., 2000（『ソビエト連邦下着史短期講座』モスクワ、二〇〇〇）

Искусство в быту, Я. Тугендхольд, М., 1923（『生活の中の芸術』Y・トゥゲンドホリド、モスクワ、一九二三）

Внешний облик советского человека. Искусство и быт. Альманах, Л. К. Ефремов, М., 1963（『ソビエト人の外見 芸術と生活 図鑑』L・K・エフレモフ、モスクワ、一九六三）

Мастер и Маргарита, М. Булгаков, Издательство "Художественная литература" М., 1966（『巨匠とマルガリータ』M・ブルガーコフ、文芸出版社、モスクワ、一九六六）

Педагогическая поэма, А. Макаренко, М., 1925（『教育詩』A・マカレンコ、モスクワ、一九二五）

Повесть о Зое и Шуре, Л. Космодемьянская, Издательство "Детская литература", М., 1966（『ゾーヤとシューラについて』L・コスモデミヤンスカヤ、児童文学出版社、モスクワ、一九六六）

Помеха, Даниил Хармс, 1940（『邪魔』ダニイル・ハルムス、一九四〇年の作品だが、階級敵として

粛清され、一九四二年に獄死した彼のこの作品は刊行されず、現在、インターネット図書館で読むことができる）

Река моя Ангара А. Мошковский, Издательство "Детская литература", M., 1965（『わがアンガラ河』A・モシュコフスキイ、児童文学出版社、モスクワ、一九六五）

Словарь этнографических терминов, M., 1992（『民族学用語辞典』モスクワ、一九九二）

Советский энциклопедический словарь, Издательство《Большая Советская энциклопедия》, M., 1989（『ソビエト百科辞典』、大ソビエト百科事典出版社、モスクワ、一九八九）

Молодая гвардия, А. Фадеев, Детгиз, M., 1963（『若き親衛隊』A・ファヂェーエフ、国立児童出版社、モスクワ、一九六三）

Человек за столом, из книги《Человек человеку》, А. Горбовский, Издательство《Молодая гвардия》, M., 1965（「食卓についた人間」A・ゴルボフスキイ著『人間対人間』所収、若き親衛隊出版社、モスクワ、一九六五）

言い訳だらけのあとがき

明治四二年生まれの父は越中フンドシの愛用者で、父が大好きだったわたしは、フンドシに対してもまた幼時よりひとかたならぬ愛着を抱いてきた。

それは、日本男児たるもの、義理とともに決して欠かすべからざるフンドシの着用者が、当時すでに少数派であったことにも由来すると思う。少なくとも、幼稚園の友人たちの中にも、小学校のクラスメイトたちの中にもフンドシの着用者は皆無であったし、父親や男兄弟にフンドシを着用する者は見当たらなかった。その証拠に、彼らはわが家に遊びに来たときに洗濯物として干してあった父のフンドシを見て、「これなあに？」と説明を求めてきた。その後、フンドシ着用者の数はさらに減り続け、今や絶滅危惧種とまで言われている。

だから、最初に本書の元になった連載を「ちくま」で始める際には、グローバル・スタンダードに押しつぶされそうな、ナショナル・アイデンティティー、要するに日本固有の価値や拠り所を見直してやろう、ちょっと応援してやろうというような気楽な気持ちで引き受けたのだった。

もちろん、この場合、工業製品のパンツにグローバル・スタンダードを代表させ、手作りフンドシにはナショナルな価値を見出すつもりでいた。

まずいなこれは。やばいぞこれは。と焦り始めたのは、実際に連載を書き始めた瞬間からだった。案ずるより産むが易し、なんて言うけれど、物事は実際に手をつけてみると、以前に想像していたよりもはるかに手強いってこともあるのだ。そして、人間の下半身を被う肌着に関する考察をするという試みは、進めば進むほど途轍もなく奥深く途方もなく広大な世界であることを思い知らされるのだった。毎回、連載を読んださまざまな方から経験談や資料を寄せられ、とても助けられたと同時に、わたしごときではとうてい対処できない膨大な人類の文化遺産を相手にしている無力感に打ちひしがれたものだ。とくに、古代ギリシャ語、ラテン語は言うに及ばず、英独仏伊などヨーロッパの主要言語を母語のように自由自在に読み解くだけでなく、漢文と各時代の古い日本語に通じておられる塚田孝雄氏から寄せられたアドバイスや資料は、七六点にも及び、その面白さ、複雑怪奇さにはタジタジとなった。これを全て作品化するには、わたしの一生を捧げても間に合わないのではないか、と。

第一に、肝心のフンドシが狭いナショナルな価値であるどころか、パンツよりもはるかに広大な地域を長年にわたってカバーしてきた実にグローバルな代物であることまで判明した。当初のもくろみは、出だしから躓いてしまったのだ。

肌着は、とくに下半身をおおう肌着は、社会と個人、集団と個人、個人と個人のあいだを隔てる最後の物理的な障壁である。だからこそ、パンツやフンドシを通して大きな歴史や経済をか弱い普通の人間の目線で捉える良き手段になるのではないか、パンツとフンドシは大きな物語と小さな物語を繋げる接点になるのではないか、きっと面白さのエキスが一杯詰まっているはずだ、という下心もあった。

そして、毎回、切り口だけは面白い疑問やテーマを掲げて、この切り口の面白さを、さらに人間の本質に迫るような本格的な面白さに昇格させたいと志だけは高く持ってパンツとフンドシの大海に乗り出していくものの、燃料も航海技術も足らないことが判明して、浅瀬でパシャパシャと水を掻いただけで引き返して来るという、惨めなことを繰り返してきた（連載は二〇〇一年八月号～二〇〇三年七月号）。

連載終了後、単行本化が遅れたのには、そういう事情がある。連載時、盛り込めなかった面白さ、深さ、複雑さを何とか反映させたいと思ったのだ。ところが、他の連載の締切に追われるうちに、どんどん時間が経っていった。

気ばかり焦るそんなときに、わたしの体内に卵巣癌が発覚し、除去したものの、一年四カ月で再発した。悪性度の高い癌であるとのこと。もともと、このテーマには全人生を捧げても間に合わないくらいと思っていたのに、人生そのものの時間がカウントダウンに入ってしまったのだ。

それで、わたしも観念したのである。自分ひとりで抱え込まないで、たとえ不十分であるにせよ、今現在到達し得たものを世に出し、他の方々がさらに面白い本を書いて下さるための肥やしか露払いか、引き立て役になってもいいではないか、と。いや、どうせなら、フンドシ担ぎになってやろうではないか、と。

というわけで、本書の執筆に際して惜しげもなく貴重な資料を提供してくださった方々、わけても長勢了治氏と塚田孝雄氏に心からの感謝と、せっかくの資料を十分に生かし切れなかったことへのお詫びの気持ちを抱きつつも、本書を世に出すことに決めた。

本書の全ての欠陥はわたしに帰する。

また、嫌な顔一つせずに、いつも原稿のおくれるわたしを実に長いあいだ励まし続けてくれた福田恭子さんに深く感謝する。彼女がいなかったら、連載も始まらなかったし、本書も生まれなかったことだろう。もっとも、それがはたして良かったのかどうかは、本書を手に取って下さった貴方の判断に委ねるしかないのだけれど。

二〇〇五年六月、梅雨入り前の爽やかな朝

米原万里

解説　〝永遠の少女〟のライフワーク

井上章一

海水浴場やプールでは、水着をきておよぐ。今では、それがあたりまえの遊泳風俗になっている。

しかし、二〇世紀のなかごろまでだと、かならずしもそうではない。当時の写真などを見てみると、今とはちがった光景に、しばしばでくわす。

少女たちは、ワンピースの水着をはおっている。しかし、少年たちは、水着を身につけていない。ふんどしだけで、水につかっているということが、よくある。

一九四〇年代生まれの男なら、子供のころはふんどしでおよいだというむきも、おられよう。一九五五年生まれの私は、いわゆる海パンを、ちいさいころからはいていた。六尺も越中も、よく知らない。しかし、団塊の世代なら、ふんどし体験者は、まだけっこうのこっていたと思う。

いっぱんに、服装の洋風化は、男からはじまったとされている。両大戦間期から、都市部の男たちは、洋服で外出しはじめた。仕事にもジャケットとズボンで、かよいだす。だが、そのころだと、女はまだ和装を、屋外でもたもっていた。

生活習慣の西洋化は、公的な場所からはじまっている。そして、女より公的なところへ、さきに進出していた男から、洋服は普及した。私的なところへとどめられがちだった女は、洋装化が男よりおくれてしまうことになる。じじつ、二〇世紀中葉の街頭では、洋装の男と和装の女がならんでいた。

近代日本の服飾史については、よくそんなことが語られる。公的な場所では、女より男が優遇されていた。そんなふうに男をなじる、フェミニズムっぽい口調も、しばしばそえられて。

しかし、早くから洋装へ傾斜した男たちも、下腹部ではふんどしをたもっていた。洋風の軍服を、日本の軍隊は兵士にきせている。だが、陸軍はいわゆるパンツの着用を、みとめなかった。軍人はふんどしをすることが、義務づけられていたのである。

これにたいし、女の下ばきは、早くから洋装化がすすみだしていた。女学生たちは、もう両大戦間期からズロースを、はいている。二〇世紀のなかごろには、それがすっかり定着するにいたっていた。上着は和服だが、下着は洋風というでたちに、なっていたのである。男はその逆で、洋服の下にふんどしという和装下着をつけていたのに。

教科書的な服飾史、女性史は、女が洋装化におくれたことを強調する。しかし、股《また》をおおう下ばきに関しては、女のほうが洋装化を早くからはじめていた。公式どおりにはいかない歴史を、あゆんでいる。あるいは、水着のうつりかわりに関しても。

男のふんどしを、和魂洋才のあらわれとしてうけとめるむきも、あろうか。洋服は身にまとったが、魂までは西洋にゆずりわたしていない。そのこころざしが、ふんどしへのこだわりになったのだ、と。

では、なぜ魂がふんどしにこもると、みなされたのだろう。チョン髷は、すぐに切りおとせた。なのに、ふんどしだけは、どうしてのちのちまでそのままとどめられたのか。そこが、なかなかわからない。

日本語に、男の気がまえを、金玉で言いあらわす慣用句がある。気の小さい男を、「金玉の小さいやつ」と見下すことが、ままある。「尻の穴が小さいやつ」という言いまわしも、よく聞く。あんがい、われわれは魂が下腹部にこもるとする観念を、いだいてきたのかもしれない。それで、ふんどしによる和魂洋才が、うかびあがってきたりもするのだろうか。

私に、このあたりのからくりをときほぐす用意はない。だが、このことだけは言える。下腹部をおおう下ばきには、重要な意味がある。たとえば、日本の近代化においても、一般的な図式をひっくりかえす力が、ひそんでいる。「ふんどしの沽券」は、ぜったいにあなどれないのだ。

さて、著者の米原万里は、幼稚園時代から下ばきがふくむ問題へ、目をつけていた。教会の十字架に、イエス・キリスト像がかかっている。その下腹部は、なにでおおわれているのか。ふんどし状の下着なのか、腰巻状の布なのか。それとも、パンツだと言っていいはきものなのか。

アダムとイブは、イチジクの葉で、前をかくすようになったという。では、そのイチジクで、どんなふうに前をおおったのか。そもそも、あんなものであそこはかくしきれるのか。

聖書のありがたいお話には、興味がむかわない。それよりは、関心が下腹部に集中する。万里嬢ひとりにかぎったことではない。彼女のかよう幼稚園では、クラスメートの多くが、その一点に好奇心をふくらませていた。

だが、多くの級友たちは、大人になると、そういう好奇心を、うしなってしまう。子供っぽい疑問をわすれ、まっとうな社会人になっていく。

だが、万里嬢は、おさない心をなくさなかった。思春期をむかえても、股間のよそおいを問いつづける。プラハのソビエト学校へ転入した時も、パンツのありようにこだわった。のみならず、晩年にいたっても、それをなくさず、とうとうこんな本まで書きあげている。

少年の心をもったおじさんという言いまわしを、よく聞く。その文句にならえば、少女の心をもったおばさんであったということか。

まあ、翻訳をてがけるプロとしての心意気も、こういう執着を強めただろう。じっさい、下着についての翻訳は、そのニュアンスがつたえづらい。プロとしての技が、いちばん問われるところではなかろうか。

たとえば、彼女のパンツ、パンティ、ショーツ……と日本語のカタカナで書いた文がある。これを、英語やロシア語へ、どうおきかえるか。カタカナのパンティやショーツがもつニュアンスを、過不足なく外国語へおきかえるには、どうしたらいいか。翻訳がかかえる最大の難所、すくなくともそのひとつは、ここにある。第一人者である著者が、そこへいどもうとした、もうひとつの理由ではあったろう。

というか、下ばきはそもそも、翻訳にかかわるプロのファイトをかきたてるテーマなのだと思う。それだけ、当該文化のいろいろな想いがおりこまれたアイテムなのだ。たとえば、ふんどしという言葉にも、日本の文化がおりかさなって、しみこんでいる。

著者は、下ばきの人類史をも、どうやら念頭においていたらしい。南方か北方か、騎馬民族か農耕民族かという問いかけに、その壮大なかまえが、見てとれる。これをライフワークにしてもいいとさえ、考えていたという。

無念ではあったろう。誰かが、このこころざしをついでくれればと、私も思う。米原万里記念パンツとふんどし国際シンポジウムといった企画を、夢想しないでもない。どこかに、いいスポンサーと事務局はいないかな。

本書は二〇〇五年七月一〇日、筑摩書房より刊行された。

ちくま文庫

パンツの面目《めんぼく》ふんどしの沽券《こけん》

二〇〇八年四月十日　第一刷発行
二〇一三年四月五日　第十刷発行

著　者　米原万里（よねはら・まり）
発行者　熊沢敏之
発行所　株式会社　筑摩書房
東京都台東区蔵前二―五―三　〒一一一―八七五五
振替〇〇一六〇―八―四一二三
装幀者　安野光雅
印刷所　明和印刷株式会社
製本所　株式会社積信堂

乱丁・落丁本の場合は、左記宛にご送付下さい。
送料小社負担でお取り替えいたします。
ご注文・お問い合わせも左記へお願いします。
筑摩書房サービスセンター
埼玉県さいたま市北区櫛引町二―六〇四　〒三三一―八五〇七
電話番号　〇四八―六五一―〇〇五三

ISBN978-4-480-42422-8 C0195